Andrea Aceto

Malinconia azzurra

MNAMON

PRESENTAZIONE

Quelli che vi accingete a leggere sono dei racconti ispirati dalla realtà.

Sebbene siano autobiografici, ho ritenuto opportuno parlare poco di me stesso, per quanto mi sia stato possibile, e dare più spazio a coloro che mi hanno accompagnato per brevi o lunghi tratti della mia vita, ritenendo la loro più interessante della mia.

I veri protagonisti dei racconti sono le donne che, per un motivo o per un altro, ho amato molto. Ho fatto alcuni accenni generali ai comportamenti degli uomini nei loro confronti, lasciando gli approfondimenti alla letteratura, ossia alle decine di saggi scritti su questo tema.

Sebbene poi mi sia reso conto che gli accenni fatti all'educazione dei minori abbiano poco a che fare con i racconti nei quali l'argomento si è inserito, li ho ritenuti lo stesso molto importanti e li ho lasciati all'interno dei racconti. Ho fatto l'educatore a scuola per ben quarant'anni, perciò, in qualche modo, servendomi della mia esperienza, ho voluto dare un piccolo contributo a questo tema, cercando tuttavia di non cadere in quella che si chiama "distorsione professionale".

Non sono storie straordinarie, ma le ho scritte con passione, perché l'ordinarietà mi piace straordinariamente.

La cosa che mi preme di più è che il linguaggio sia scorrevole e fruibile da tutti e, perché no?, anche dai più piccoli.

Dopo questa breve e noiosa presentazione vi auguro una buona lettura e che in queste pagine possiate trovare qualcosa di utile per la vostra vita: forse un momento di catarsi oppure un suggerimento, un consiglio o tutte queste cose insieme.

Mi converrebbe farvi un breve riassunto per anticiparvi di che cosa si tratta? Tuttavia non potrebbe essere così breve, dato che i racconti sono dieci.

Mi limito ad indicare il comune denominatore: nella maggior parte di essi è il sentimento dell'amore che predomina, sono storie d'amore di madri, di amiche e di amanti.

In uno il tema è la mafia, perennemente presente nella nostra vita. È tratto dalla realtà, tranne il fantasioso finale che è quello che vorremmo sempre vedere, ma che non si vede mai.

Buona lettura!

MALINCONIA AZZURRA

Ero studente allora e trascorrevo spesso delle serate sul mare e, quando avevo dei problemucci o pensieri, me ne stavo sulla scogliera.

Quella sera il sole era appena calato di fronte a un mare calmo e sereno. All'orizzonte, una nave battente bandiera greca e un piccolo peschereccio, che si allontanava sempre più da riva: il mattino dopo sarebbe stato nel porto a vendere il pesce fresco.

Me ne stavo dunque a strimpellare con la mia chitarra, mentre la mia mente spaziava per conto suo. Sapete, le mani hanno una propria memoria, è come guidare un'auto e nello stesso tempo chiacchierare col passeggero seduto accanto.

Ad un certo punto si avvicinarono tre ragazze che, dopo essere state in piedi un bel po' ad ascoltare, chiesero se potevano sedersi. Feci cenno di sì col capo e, abbandonati i miei pensieri e quella malinconia azzurra che mi aveva assalito dolcemente, cercai di intavolare una conversazione, chiedendo da dove venissero. Ai miei occhi esperti era chiaro che fossero delle turiste e una delle tre, Sofi, con un italiano masticato bene, mi rispose che erano francesi, di Parigi. Erano alloggiate nell'ostello vista mare, che conoscevo molto bene, altroché! Nella sala bar aspettavo, tempo addietro, tutte le mattine, uno dei primi amori della mia vita. Mi ricordo che mettevo la moneta nel giubox alle dieci e mezzo del mattino, quando suonava l'intervallo della scuola sita sui due piani di sopra, che comunicava col bar attraverso una scala interna. Solo allora potevo vedere il mio amore che, durante il giorno, stava nel convitto di fianco alla scuola che frequentavamo in classi diverse. Il convitto fu trasformato in seguito nell'ostello dove alloggiava Sofì.

Il disco che mettevo più spesso era "Ho scritto t'amo sulla sabbia" e, nel mio caso, il vento fece ben presto il suo lavoro. Erano gli anni sessanta: un'epoca di cambiamento e di fermento, gli anni dello sbarco sulla luna, del divorzio, dell'attentato a Kennedy e della morte di Luther King; dall'altra parte del mondo c'era la rivoluzione di Mao, grande delusione! Erano i tempi delle rivendicazioni politiche e di classe, le prime contestazioni vennero dagli studenti e dagli operai delle fabbriche, ma anche e soprattutto dalle donne, che avevano dormito per secoli e che cominciarono a riunirsi ed a scendere in piazza. Possiamo dire che si destassero da un sonno durato secoli, allo scopo di riprendersi quello che spettava loro di diritto, senza doverlo chiedere. In altre parole cominciava la conquista - ancora oggi inconclusa - della "parità di diritti", con la liberazione da una società maschilista e patriarcale.

Comunque, Sofì non era una contestatrice, sebbene fosse un'artista, si sa che gli artisti lo sono per natura. Era romantica e, come tutte le donne romantiche, una sognatrice. Amava trascorrere il suo tempo tra il suo piccolo spazio, una stanza e una cucina affittati vicino alla torre Eiffel, e una trattoria dove s'incontrava con altri ragazzi, pittori come lei, quando non era all'accademia delle belle arti.

Sofì sognava un mondo diverso, che disegnava su un blocchetto di fogli bianchi che portava sempre con sé in uno zainetto di pelle marrone. Nei suoi disegni, il sole non era arancione, il cielo non era azzurro, il mare non era blu, c'erano colori che venivano dal suo inconscio, dalla sua natura più profonda. Nei suoi paesaggi non c'erano elementi che evocavano miti o costumi di epoche passate, piuttosto spazi vuoti da riempire con l'immaginazione: si poteva cogliere la genesi di un mondo inesistente, sia nei tratti sia nei colori. Dalla manualità nell'usare matita e pastelli, si evinceva chiaramente che lei lo aveva già fatto in un'altra vita.

Ma questa non era l'unica intelligenza di Sofì. In poco tempo, ti prendeva per mano e, con una dolcezza infinita, ti trasportava nella sua vita. O almeno così era riuscita a fare con me.

Per sette giorni, tanto durò la sua vacanza, ci saremmo rivisti tutte le sere dopo il tramonto, in luoghi sempre diversi, sul mare. Nei nostri incontri parlavano per lo più la chitarra e le sue mani, dedite ad un foglio del suo blocchetto. Avevamo parlato poco, ma ci eravamo detto tutto. L'ultima sera venne all'appuntamento senza lo zainetto. Prese la mia mano e passeggiammo sul lungo mare, godendo della nostra intimità in mezzo alla gente. Quando la luna disegnò una via d'argento sulle acque del mare, cercammo un posto tranquillo dove fare l'amore fino al mattino.

Volete sapere se l'ho rivista? No, mai più. Vi fu per un periodo di tempo uno scambio epistolare, con il quale cominciammo a dirci tutto quello che non ci eravamo detto in quelle sere di un'estate sul mare.

L'ultima sera fu magica e sebbene, nei nostri pensieri, l'avessimo considerata "un'avventura", nei nostri cuori aveva lasciato una scia di colori che parlavano d'amore, che la vita avrebbe riposto fra i sogni irrealizzati. Conservo alcune delle sue lettere, altre sono andate perse insieme a pezzetti della mia vita.

Ve ne posso leggere una, tanto il tempo non mi manca, è l'unica cosa che mi è rimasta. Dal contenuto, deduco che sia la prima. La riporto, tradotta dal francese.

Caro Andrea, sono appena arrivata a casa, abbastanza stanca per il viaggio. Mi sono seduta sul letto e sto ripercorrendo i nostri incontri, come se li volessi rivivere e fissarli bene nella memoria. Soprattutto mi sto ponendo un problema: come fare a dimenticare il profumo dei tuoi baci e del tuo mare, le carezze delle tue parole. Ancora non so definire questo sentimento che mi spinge a tornare indietro, sì, indietro.

Non vorrei disfare le valigie. L'istinto mi spinge alla stazione per riprendere il treno e ritornare in mezzo a quei due grossi scogli, in quel pezzetto di spiaggia in cui i nostri corpi hanno albergato per una notte e dove probabilmente è rimasta un po' della mia anima.

Ci sono molte cose importanti che dovrei fare, per esempio andare dalla vicina per riprendermi il mio amatissimo gattino persiano, poi a trovare i miei genitori, o a fare la spesa, visto che il frigo è vuoto; soprattutto dovrei chiudere gli occhi e riposare. Mi sento felicemente frastornata, carica di nuova energia, ma avvolta da una straziante nostalgia per quello che ho appena vissuto e lasciato.

Ho voluto scriverti subito, era un bisogno pressante. Sarei felice se mi rispondessi,
un bacio, Sofi.

Non ricordo il contenuto della risposta, mentre ricordo ancora bene il suo viso. Semmai un giorno dovessi rincontrarla, la vita è imprevedibile, quel viso lo riconoscerei anche sotto una chioma di capelli bianchi e solcato da rughe. Le chiederei, fra tante altre cose importanti, di aprire il suo scrigno di cartone contenente le mie lettere. Le vorrei rileggere per ricordare me stesso da giovane.

Attraverso questi scritti ho cercato di ricostruire parti del mio passato, cercando di riesumare dal fossato della mia mente qualche ricordo. Vi confesso che ho provato anche con l'autoipnosi, pratica molto frequentata da me per vari motivi, ma invano.

A volte sono molto sorpreso da questa straordinaria situazione: sono in grado di ricordare a memoria sei o sette password, quattro o cinque numeri di telefono compreso il mio codice fiscale, eppure ho dimenticato pezzi interi della mia vita passata. Gli studiosi la chiamano "memoria selettiva" e chissà in quale cassetto della mia mente sono finiti! Ho chiesto spiegazioni a un amico psichiatra, che me ne ha date alcune nelle quali però non mi sono affatto ritrovato.

Certo che la mente è veramente strana! Credo che sia il campo in cui la ricerca si dovrà ancora cimentare per lungo tempo, sebbene siano stati fatti passi da gigante negli ultimi quarant'anni. Questa ricerca è avvenuta parallelamente a quella astronomica e, a parer mio, i due mondi o cosmi sono straordinariamente simili.

Comunque, la vita senza la memoria mi sembra come un albero senza radici.

LA MIA CAMPAGNA

I.

All'ombra di una luce soffusa, la festa era finita e miei amici, uno dopo l'altro, se ne andarono, salutando con un cenno della mano e facendo roteare l'indice in avanti, come dire 'ci vediamo domani', in punta di piedi per non disturbare quell'atmosfera che si era creata tra le note della mia chitarra e lo schioppettio degli ultimi tizzoni che stavano lentamente consumandosi nel camino.

Seduta su quella piccola sedia a dondolo, lei rimase ad accarezzare con due mani quel bicchiere di vino che sorseggiava con sacralità. Lo stringeva come se lo volesse riscaldare, come aveva riscaldato il mio cuore perché non era andata via con gli altri, chissà quanto lo avevo desiderato! e avrei voluto dirglielo.

Un giorno stava per finire e un altro stava per nascere, uno in continuità con l'altro. Un brano dopo l'altro, le mie dita arpeggiavano le corde della chitarra - noi intorno al camino - sulle note che salivano dal rinascimento fino a Fabrizio De André.

È troppo buio per leggere nei suoi occhi, ma riesco a leggere nei suoi pensieri. Questi sono momenti in cui due anime si avvicinano fino a toccarsi, escludendo tutto e tutti. I nostri sensi sono all'apice perché le lettere d'amore dei nostri corpi erano state già inviate e lette. Anche lei, con i suoi occhi socchiusi, stava leggendo i miei pensieri. Posso sentire i battiti del suo cuore, che accompagnano le note della chitarra, in questo silenzio perfetto, che fra un po' sarà interrotto dal ticchettio del picchio sull'anta della finestra del primo piano. È sempre lo stesso! Lo riconosco dal ritmo dei colpi che il suo forte becco imprime sul legno, ogni mattino allo stesso orario, mi fa visita. Fra me e me faccio una scommessa molto impegnativa, cioè che, se quello era un tempo di una straordinaria magia, il picchio avrebbe saputo rinunciare alla sua visita chiassosa.

Erano le prime luci dell'alba, deposi la chitarra su una sedia lì accanto e mi alzai, andai davanti alla finestra che guarda a est e aprii tutte e due le ante per immergermi nell'aria pura di un mattino d'autunno, aspettando il sorgere del sole. Era uno spettacolo pieno di bellezza, lo chiamavo lo spettacolo della rinascita, vi assistevo spesso, anche quando vivevo sul mare, e a volte mettevo la sveglia, come si fa quando hai un appuntamento importante.

Volsi lo sguardo all'orizzonte, dove il sole stava per salire da una pianura in mezzo a due colline vestite di rosso-arancione e di un verde cupo, che sembravano volessero abbracciarlo, avvolgerlo e trattenerlo. Lei, mi ricordo bene, venne accanto a me, mi cinse la vita con un braccio e poggiò il capo sulla mia spalla: «È bellissimo!» Sussurrò. «Che cosa?» Domandai. «Tutto!»

E della scommessa fatta col picchio, non avrei mai saputo se era stata vinta o persa perché fra l'avvento di una straordinaria ondata di ormoni e l'intensità dei rumori della passione, da lì a poco, riparati nel guscio dell'amore, avremmo escluso il mondo intero. Tutte le parole assenti in quella notte magica presero a scorrere come un fiume in piena durante la nostra passeggiata, mano nella mano, per farle visitare tutti i luoghi di quel piccolo paradiso.

Raccogliemmo gli ultimi pomodori maturi rimasti nell'orto, che, sebbene non avessero un bell'aspetto pur avendo assorbito gli ultimi raggi di sole, essendo gli ultimissimi della stagione appena passata, conservavano tutto il sapore di una terra incontaminata. All'ora di pranzo accendemmo il camino e mettemmo a cuocere dei fagioli, messi a mollo quattro ore prima nella «pignatta» posata sulle braci, proprio come avevo imparato da mia madre, con un po' di sale e qualche aroma, e lasciammo che borbottassero per un bel po' di tempo. Quando sarebbero stati sulla tavola avrebbero saputo raccontarle tutta la storia della terra vissuta nella semplicità. Se avessi voluto stupirla non avrei potuto fare di meglio: i fagioli vennero serviti con l'olio della mia terra del sud, i pomodori fecero la stessa fine e una bottiglia di vino rosso, frutto dell'uva della mia vecchia vigna che avevo pestato con i miei piedi l'anno prima, accompagnò degnamente quel pranzo da re.

II.

Ci sono stati altri bei momenti vissuti nella mia campagna con Maria e non ci saremmo mai perso lo spettacolo della rinascita».
Lei era una biologa marina e, quando non era in mare, veniva a trovarmi, in un periodo in cui vivevo da solo e lei anche.
Era una professionista molto stimata e corteggiata, che trascorreva il suo tempo in un laboratorio a studiare le specie marine dell'Adriatico, quando non era immersa nei fondali a raccogliere campioni o a fare osservazioni.
Voglio aprire una piccola parentesi: anche io amavo il mare e quando ero studente feci il bagnino per un paio di anni; mi immergevo, senza maschera, per raggiungere un fondale massimo di cinque metri. Una volta, successe a Rimini, persi i miei occhiali da vista. Dopo numerosi tentativi avevo dedotto che sarebbe stata ora di cambiare

montatura ed occhiali: infatti, ci misi poco a capire che in quelle acque torbide non avrei trovato neanche una balena.

Un'altra volta, nel mare Jonio, avevo perso l'anello che si era sfilato dal dito dopo una lunga permanenza in acqua: sebbene non valesse nulla, era carico di contenuto affettivo. Tentai allora per due giorni di seguito di recuperarlo, ma alla fine mi arresi all'idea consolante che quell'affetto «contenuto» nell'anello era stato sicuramente e giustamente onorato dalla caparbietà che avevo dimostrato.

Un'altra volta, quando tutti erano già tornati nelle cabine per cambiarsi il costume e il sole stava scomparendo all'orizzonte, un uomo in acqua cercava di attirare la mia attenzione, io ero il bagnino, riemergendo e scomparendo dopo qualche secondo tra i flutti, con le braccia alzate. Abbandonai immediatamente la sistemazione degli ombrelloni e mi tuffai per quello che avrebbe dovuto essere il mio primo vero salvataggio. Diedi lunghe e sempre più affannose bracciate, penso di aver coperto due o trecento metri di mare. Quando, finalmente, arrivai sul moribondo mi sentii canzonare: «Te l'ho proprio data a bere!» In quel momento ero così estenuato dalla fatica che cominciavo davvero a bere, acqua salata però. Non mi vergogno a dirvelo: fu lui che dovette aiutarmi a tornare a riva!

Di episodi ne avrei ancora un'infinità da raccontare, ma non voglio togliere spazio ai veri protagonisti del racconto e vi parlerò più in là delle mie avventure sul mare con Maria.

Ora, dopo avervi descritto alla meglio quell'appezzamento di terra o piccolo paradiso, voglio invece raccontarvi del saggio e vecchio mugnaio.

III.

Quell'appezzamento di terra era ubicato su una piccola collina bolognese e dal suo punto più alto, quando il cielo era limpido, la sera si potevano ammirare le luci di Bologna a sud e quelle di Modena guardando a nord. Era circondato da un fossato, che aveva il compito di raccogliere le acque piovane e convogliarle in un piccolo lago a valle, mentre un altro piccolo lago si trovava vicino casa e da questo si attingeva l'acqua per irrigare l'orto.

C'erano un centinaio di alberi da frutta: quando erano in fiore, ti sembrava di camminare in un quadro di Rembrandt.

Da uno dei due pozzi, attingevamo l'acqua con un recipiente legato ad una corda. Vicino alla casa, una vigna vecchia produceva pochi grappoli che, spremuti, diventavano un nettare.

Io e i miei amati familiari avevamo piantato anche le nespole e le more bianche, che in quella zona erano sconosciute.

A proposito! Ogni persona dovrebbe conoscere l'importanza e la gioia di piantare con le proprie mani una piantina o un seme e vederne la crescita, fino ad assaggiarne i frutti. Credo che sia un'esperienza edificante, una di quelle che ti lasciano il segno, che valgono più della lettura di mille libri di filosofia, perché riesce a racchiudere in sé l'essenza della vita.

Il tutto era circondato e protetto da barriere naturali. Una via di terra battuta partiva dalla strada comunale e, dopo duecento metri, superata una barra con lucchetto, sfociava su un grande pianoro, per metà ombreggiato da una grande quercia secolare. Qui sorgeva la casa padronale a tre piani, un fienile a due, con il piano superiore mezzo diroccato, e una casetta, quasi completamente caduta.

Anche per la casa padronale urgeva qualche lavoro di restauro, soprattutto del tetto.

Mi ricordo che un'estate, da giugno a settembre, la mia compagna ed io, con l'aiuto domenicale di amici e parenti (devo ancora finire di ringraziare zio Salvatore, che purtroppo non c'è più, zio Amedeo e mio cugino Mimmo) siamo riusciti a rifare il tetto, mantenendo naturalmente le vecchie e preziose tegole.

L'estate io e la mia compagna vivevamo come Adamo ed Eva. Sul piano della casa c'era un rubinetto dove attaccavamo un tubo di plastica per spruzzarci l'acqua fresca, per resistere al solleone e farci passare la febbre con l'idroterapia.

L'amore l'abbiamo fatto dappertutto e sapeva di fichi, di prugne, di ciliegie, di pesche: insomma, ogni albero che facesse ombra era per noi come una stazione della via Crucis del piacere. Devo a questo punto precisare che, quando mi sono riferito alla mia donna, non si trattava di Maria bensì di una lunga storia precedente.

Di tanto in tanto veniva a trovarmi il vecchio mugnaio del paese a cui vendevo il nostro grano biologico, che allora era misconosciuto, e lui si ostinava a volermelo pagare come grano normale.

Avevamo dieci ettari, cinque dedicati alla coltivazione del grano e cinque all'erba medica, a rotazione, come si dice in gergo contadino, e l'anno successivo si invertiva.

IV.

Il vecchio mugnaio sapeva vita e miracoli del paese e del vicinato e mi raccontò tutto del mio podere, almeno per quanto riguardava le ultime tre generazioni.

Il racconto del mugnaio

Lì vicino, in una bella fattoria, viveva Giuseppe con la sua famiglia: la moglie Maria e sette figli, nati a cavallo tra una guerra e l'altra. In quei tempi, in Italia il novanta per cento della popolazione era analfabeta, ma Giuseppe apparteneva all'altro dieci per cento.

Durante la prima guerra fu mandato sulle Alpi, ai confini con la Slovenia, mentre nella seconda guerra gli toccò l'Africa.

Giuseppe non era stato un semplice soldato, ma un ufficiale, ed era stato inviato sulle Alpi per difendere la patria dal nemico austriaco e in Africa per fare dell'Italia un grande impero. Anche suo padre una ventina d'anni prima era stato mandato a combattere in Abissinia, nella prima campagna d'Africa. Comunque, se ne volete sapere di più aprite i libri di storia!

Giuseppe di guerra non voleva più parlare. Tutti i sabati sera Giuseppe portava con sé Matteo, che aveva solo nove anni ed era il più piccolo dei suoi sette nipoti, e andavano alla festa di Borgoquercia, chiamato così per via delle querce secolari che dimoravano in quel posto. C'erano solo tre o quattro case e di solito la gente si riuniva sotto la quercia più grande. Questa era immensa, vecchia di ottocento anni ma ancora lì, sana e vegeta. Di giorno faceva un'ombra grande quanto un campo da tennis.

Giuseppe ripeteva spesso, con tutta la sua sapienza: "Pensate quante storie potrebbe raccontarci se potesse parlare, anzi, per meglio dire, se noi sapessimo ascoltare il suo linguaggio." Ed io per anni sono stato seduto ai suoi piedi, su una panchina di legno che avevo costruito con le mie mani, per imparare ad ascoltarla.

Il sabato era la grande occasione per stare insieme: i bambini portavano i loro giocattoli per esibirli ai loro amici, i giovani gironzolavano, come le mosche col miele, intorno alle ragazze che facevano gruppo e i più anziani intorno al fuoco con un fiasco di vino. Ma ad un certo punto si riunivano tutti intorno al fuoco ad ascoltare la fisarmonica o la chitarra, che qualcuno puntualmente portava. Si cantava, si ballava e fra una cosa e l'altra si ascoltavano le storie.

Giuseppe era un tipo taciturno e riservato, forse perché portava con sé tutto il peso e il dolore di due lunghe guerre, ma quando apriva bocca, ciò accadeva raramente, tutti pendevano dalle sue labbra, come accade con un capo tribù. Non parlava di guerra ma raccontava qualche storiella buffa che gli era capitata, come quella volta sulla riva del fiume Nilo: era verso sera e si era appartato per fare la pipì ed a un certo punto spunta dall'erba un coccodrillo, che evidentemente aveva deposto le uova là vicino, e gli afferra i pantaloni, solo quelli per fortuna, che trattiene fra i denti. Giuseppe era riuscito a ritrarsi in tempo e la paura, che faceva novanta, gli fece prendere una tale rincorsa che sembrava Spidigonzales e in quel momento avrebbe vinto le Olimpiadi e, per dire, dall'Egitto superiore si trovò nell' Egitto inferiore.

O come quell'altra volta che si imbatté in un gruppo di persone che sostavano incuriosite intorno ad un asino in ginocchio, con la soma stracarica di merce per il mercato del sabato. Il padrone era disperato e pregava ed imprecava contro l'animale, rifilandogli qualche tallonata sui fianchi: la sua ira era giustificata dal fatto che avrebbe perso il guadagno di una settimana se non fosse arrivato in tempo al mercato. Giuseppe si creò un varco in mezzo alla folla, si avvicinò all'asino e, con un sorrisetto sulle labbra come se presagisse o pregustasse ciò che sarebbe accaduto da lì a poco, chiese al padrone di poter dire una parolina nell'orecchio all'asino. Avutone il consenso, si avvicinò all'orecchio dell'asino e, facendo finta di parlargli, diede una scrollatina al suo sigaro acceso, facendo cadere la cenere bollente nell'orecchio. In quel preciso istante l'asino scattò in piedi come un soldato e si mise a galoppare come un cavallo e il padrone ebbe solo il tempo di domandare: "Ma che cosa gli hai detto?" e si mise a correre dietro al quadrupede. Giuseppe, dato che la distanza aumentava sempre di più, con le mani davanti alla bocca a mo' di megafono, gli rispose: "Gli ho semplicemente detto che al mercato c'è la sua fidanzata che lo aspetta!"

Dopo la serata sotto la quercia, trascorsa al chiaro di luna, sulla via del ritorno, sulla stradina fatta di ciottoli bianchi e terra battuta con qualche sparuto ciuffo d'erba, Matteo diventava un fiume di parole e di domande ne faceva tante al nonno. Era da poco morta la nonna e Matteo ne sentiva molto la mancanza. Gli adulti non parlavano mai di certi argomenti e, quando ne parlavano tra di loro, lo facevano a bassa voce per escludere i bambini, spesso senza riuscirvi.

Perciò Matteo si decise alla domanda fatidica, che teneva dentro da tanto tempo, e, con un velo di tristezza: "Nonno, perché dobbiamo morire?" E il nonno, senza aria di mistero: "Per lasciare posto agli altri, caro Matteo. Vedi, se tutti quelli che hanno vissuto prima di noi in centinaia di migliaia di anni, fossero vivi, non ci sarebbe più posto per nessuno: la terra è tutta un cimitero coperto da piante, fiori, case. Immagina un campo: se i fiori non morissero, l'anno dopo non ci sarebbe posto per i nuovi e neanche per il grano o per l'orto. Ricordati che tutto ciò che muore contribuisce al sorgere di una nuova vita."

Matteo, sebbene non gli piacesse molto l'idea di dover morire per lasciare il suo posto ad un altro, sembrava veramente soddisfatto: aveva finalmente avuto una risposta alla domanda che lo affliggeva da molto tempo e, in più, essa era venuta dalla persona più attendibile del suo mondo.

Francamente una risposta così semplice, che evita i luoghi comuni e quella circumnavigazione di parole o perifrasi che tutto dicono e niente lasciano capire, spiazza tutti i trattati filosofici scritti sulla morte e aprirebbe anche alla necessità di rivedere qualche trattato di psicopedagogia e ad un nuovo modo di rapportarsi ai bambini, ma anche alla morte.

In altre parole, vorrei dire che i bambini non devono essere esclusi dal funerale delle persone più amate; lo so che il tema è complesso, ma bisogna dare loro la possibilità di soffrire, altrimenti il rimpianto non finirà mai.

"Nonno, perché si fanno le guerre?" "Eh, bella domanda!" E, dopo un breve silenzio, gli rispose ancora in modo diretto e schietto: "Guarda, Matteo, da quello che ne so io le guerre le inventano quelli che fabbricano le armi." Vedendo l'incertezza negli occhi di Matteo, aggiunse: "Sì, è così che vanno le cose, anche se ammetterlo è molto triste.»

Devo finire il racconto dicendo che, per fortuna, Matteo non chiese al nonno se in guerra avesse ucciso qualcuno. Per sua fortuna, ma io sarei curioso di conoscere la risposta, ma deduco che tra di loro vi fosse un tacito patto di non parlarne mai e che Giuseppe gli avesse raccomandato di non fargli domande sulla, anzi, sulle sue guerre.

V.

Vi avevo promesso che sarei tornato sulla mia storia con Maria, la biologa marina, ricordate?

Eccoci! Un venerdì sera mi telefonò avvertendomi che sarebbe venuta da me il mattino seguente e mi pregò di mettere a bagno i fagioli.

Mia madre ne aveva preparate decine di bustine e le ave-va messe nel freezer. Perciò ne tirai fuori una, la scongelai e misi i fagioli a mollo perché all'indomani fossero pronti per entrare nella pignatta.

Il giorno dopo fu il più piovoso della stagione e fummo costretti a stare in casa, seduti davanti al camino acceso. Non che la cosa ci dispiacesse, ma avevamo in program-ma una passeggiata nel centro di Bologna che, ora per un motivo ora per un altro, non eravamo mai riusciti a fare insieme.

Restammo dunque a casa e ricordo che, fra le tante cose che facemmo, quella più divertente fu di leggere i testi che i miei alunni avevano svolto in classe il giorno prima. Il tema era 'qual è il sogno che fai più frequentemente?'. La maggior parte scrisse che non sognava affatto o che non si ricordava il sogno, ma non per questo non scrisse-ro, perché in alternativa dovevano raccontare 'quello che avrebbero voluto fare da grandi'. Passammo qualche ora veramente piacevole fra risate e sorprese di ogni genere.

Ecco il sogno che faceva frequentemente una ragazzina: una volta al giorno, vestita da vigilessa, appiccicava, con aria trionfante, la multa per divieto di sosta sul parabrez-za della vettura… del compagno più antipatico della clas-se. Doveva vendicarsi di tutti i dispetti ricevuti e ci tro-vavamo davanti ad un vero abuso di potere o anche una persecuzione, uno stalking.

Ne leggemmo altri molto simpatici, ma uno ci sem-brò invece drammatico: voleva diventare un giudi-ce per mandare a morte tutti i molestatori di bam-bini. Ci fece riflettere moltissimo e due cose ci sembrarono chiare: la prima era che quel ragazzino non sapeva che in Italia non esiste la pena di morte e la seconda che molto probabilmente era stato o era diretto o indiretto testimone di molestie.

Dopo la lettura del tema io e Maria ci guardammo stupiti, avevamo pensato entrambi la stessa cosa e nella mia mente ritornò l'immagine di un bambino perennemente triste e distaccato.

Maria mi disse che quello di assegnare un tema sui propri desideri o sogni era una bella trovata, efficace soprattutto. Eravamo molto d'accordo su questo e ne seguì un dibattito di carattere psico-pedagogico molto interessante. Le confidai che era da tempo che non riuscivo a parlare così apertamente e con tanto interesse di didattica, sebbene fosse materia del mio lavoro. Approfondimmo l'argomento e le dissi che fare scrivere ai ragazzini un testo sulle paure, sull'amicizia, sui desideri, eccetera, era una strategia che mi aveva permesso di entrare con successo nella loro sfera sentimentale. Infatti, scrivere è molto diverso che parlare di certi argomenti: parlarne implica metterci la faccia, la voce, le emozioni ed è un po' più difficile che scrivere, non trovate anche voi? Del resto non è così anche per gli adulti? A maggior ragione per un ragazzino.

Convenimmo che quella avrebbe dovuto essere una strategia didattica consolidata per un insegnante. Io personalmente non ho mai trovato un cenno esplicito nei programmi ministeriali sull'educazione dei sentimenti, non c'è scritto da nessuna parte 'educazione all'amicizia, all'amore, alla lealtà, al piacere'. Abbiamo lasciato che se ne occupasse la famiglia, che non sempre vi riesce, declassando la scuola. Abbiamo anche demandato alla famiglia l'educazione sessuale, altro tabù. La domanda è: perché abbiamo sempre pensato che non si possa insegnare ad essere buoni piuttosto che leali o sinceri? che non si possa insegnare a conoscere se stessi fino in fondo, compresa la propria sessualità? Io e Maria riuscimmo a darci qualche risposta in quella sana chiacchierata, della quale, per non

allontanarmi troppo dal racconto, non vi renderò parte-
cipi.

VI.

In quella occasione, visto che eravamo entrati in argomento, mi vennero in mente alcuni episodi molto signifi-
cativi che raccontai a Maria e che ora leggerete anche voi.
Li troverete esagerati, surreali, ma vi assicuro che sono
tratti dalla realtà nuda e cruda, anzi posso confermare che
in questo caso la realtà supera di gran lunga la fantasia.
L'accenno al maltrattamento alle donne non è casuale,
bensì voluto, per ricordare, se ce ne fosse bisogno, quanto
sia importante l'educazione sessuale e sentimentale e che
in essa la scuola ha un ruolo fondamentale, soprattutto
nei primi anni.
Che cosa c'entra un argomento pedagogico con un racconto d'amore? Deformazione professionale? Sembra una
forzatura, ma vi assicuro che non lo è. Troverete, nel corso
della lettura, uno stretto legame tra i due argomenti.
Una volta vennero da me i genitori di un mio alunno.
Chiusi la porta dell'aula e li feci accomodare davanti alla
cattedra. La donna aveva in braccio il figlioletto piccolo,
credo che avesse quattro anni, e, mentre il marito cominciò
a parlare del disagio e della preoccupazione di entrambi
per l'atteggiamento del figlio più grande, che non ascolta-
va e faceva sempre il contrario di quello che gli si diceva,
il piccolino prese una biro e cominciò a scarabocchiare su
un foglio bianco che era sulla cattedra. Immediatamente il
padre gli tolse la biro dalle mani dicendogli: «Per favore,
Matteo, me la dai?»
Non so se avete notato la gravità del gesto, apparentemente non violento. Il padre voleva insegnare al figlio

che, prima di prenderle, le cose si devono chiedere per favore, esattamente il contrario di come si era comportato lui, che gli aveva tolto la biro dalla mano e contemporaneamente pronunciato le parole «per favore me la dai, Matteo?»

Se c'è una cosa che ho imparato bene è che i bambini chiudono le orecchie ai consigli e aprono, anzi spalancano gli occhi agli esempi. Sapevo che se quei genitori fossero andati avanti in quel modo, quel bambino avrebbe capito sempre di più che chiedere per favore significa prendere e basta e che le parole «per favore» non contano nulla, sono una semplice formalità. E sarebbe stato così per tutta la vita, con le conseguenze che potete immaginare di un atteggiamento sempre scorretto verso gli altri. Vi sembra poco?

Mentre accadeva questo piccolo e apparentemente insignificante episodio, io, senza erigermi a giudice, ascoltavo i genitori con pazienza ed umiltà, ma mi facevo un quadro più completo del figlio più grande che, essendo mio alunno, conoscevo abbastanza bene: cominciavo così a spiegarmi alcuni suoi atteggiamenti verso i compagni e la confusione mentale che manifestava in alcune circostanze.

Questo racconto non ha la pretesa di insegnare qualcosa a qualcuno, ma può dimostrare alcune cose semplici e chiare: per essere buoni educatori o buoni genitori non bastano i titoli o la cultura da soli, quei due genitori erano entrambi laureati. Bisogna essere prima di tutto coerenti e in sintonia sulle regole: i bambini hanno bisogno delle regole come hanno bisogno del pane. È poi importante la coerenza con se stessi, ovvero fare in modo che le parole ed il pensiero coincidano con l'azione. Infine bisogna avere la capacità di ascoltare, lo ripeto, «ascoltare» più del saper parlare: quando hai veramente ascoltato un bambino, gli hai anche parlato.

Ci sono altre cose che affronterò in altri racconti e, visto che non sono un predicatore occasionale, vi dico che basterebbero queste due semplici regole per rendere felice l'infanzia di moltissime persone. Ed è più facile essere felici, se lo si è stati da bambini.

Aggiungo, e con questo faccio veramente la scoperta dell'acqua calda, che ciò che si impara da bambini è tutto o quasi. Pensate per esempio al contadino che vuol far crescere una pianta diritta, non la «ingessa» quando è già grande ma quando è piccola; e un edificio sta in piedi grazie alle fondamenta e, quanto più queste sono sane e robuste, preferibilmente ancorate alla roccia, più a lungo starà in piedi l'edificio.

I vetri delle finestre della mente di un bambino sono puliti, perciò vi entra tutta la luce possibile. Col passare del tempo si appanneranno e diverranno sempre più opachi, per quanto possiamo arrabattarci per tenerli puliti.

Lettera a Babbo Natale

Caro Babbo Natale, sono Vincenzo, ho sette anni e un fratellino di due. Il regalo che ti vorrei chiedere per quest'anno è un servizio di piatti e un servizio di bicchieri, perché da qualche giorno mangiamo nella scodella o nella pentola e quando abbiamo sete andiamo al rubinetto della cucina per bere. Prima si lanciavano parole, adesso invece, che si amano di più, si lanciano piatti e bicchieri e anche le posate, solo che quelle non si rompono, per fortuna. Alla fine del lancio io e il mio fratellino usciamo da sotto il tavolo e sentiamo sempre la mamma che dice "Adesso chiamo il centotredici". E il babbo le si avvicina e... "No amore, ti prego, lo sai che non posso vivere senza di te." E poi tutto finisce e si va a letto. Meno male che queste dimostrazioni d'amore cominciano dopo che abbiamo finito di cenare!

Ti prego, Babbo Natale, oltre ai bicchieri e ai piatti, potresti spiegarmi che cosa vuol dire "chiamo il centotredici?", perché veramente non ho capito.

Forse sono gli amanti di mia madre? Ogni tanto il babbo dice alla mamma: "E adesso vai pure dai tuoi amanti!"

Adesso che sono finiti i bicchieri e i piatti cominciano a volare le sedie e i soprammobili e, finiti questi, cominciano i pugni in faccia e i calci in pancia. "Adesso chiamo il centotredici!" "No, amore, lo sai che ti amo più di prima e non potrei vivere senza di te". E poi tutti a letto.

Caro Babbo Natale, mio fratellino si fa la pipì addosso tutte le notti, vorresti spiegarmi perché? E poi ti chiedo di fare in modo che il babbo e la mamma si amino un po' di meno, come quando si facevano solo carezze e si lanciavano qualche parolina e basta.

Vent'anni dopo

Caro Babbo Natale, sono io, Vincenzo, ti ricordi?

Mi sono sposato anch'io con Nunziatina e presto avremo dei figli. Ti scrivo perché Nunziatina, quando le do qualche pugno in faccia e qualche calcetto sulla pancia, anche lei come mia madre dice: "Adesso chiamo il centotredici!" E io non capisco, perché tu ancora non mi hai spiegato, ti ricordi? Comunque ti assicuro che se mio padre non riuscì a dimostrare fino in fondo il suo amore per mia madre perché poverina fu investita da un camion e morì, io non aspetto che lo faccia un camion, una di queste sere lo faccio io, devo solo trovare qual è il modo migliore. Ho imparato tante cose da mio padre, ma non ho mai capito come lo avrebbe fatto lui, forse strangolarla, sì, mi ricordo che una sera le mise le mani intorno al collo e stringeva e stringeva sempre più forte!

A Natale

*Caro Vincenzo, sono io, il tuo fratellino. Sono passato gior-
ni fa da casa tua e ho visto che sotto un piatto c'era la tua
lettera indirizzata a Babbo Natale in attesa di essere spe-
dita. Ti rispondo io al posto suo, perché non può rispon-
derti: sta scontando l'ergastolo per avere dimostrato fino
in fondo il suo amore alla nostra matrigna e, a proposito di metodo, hai ragione sai, ha usato lo strangolamento.
Io però con mia moglie penso più a un annegamento nella vasca
da bagno, perché a lei, poverina, piace molto passare il tempo in
bagno. Tu prima di farlo cerca di scoprire qualcosa che le faccia
più piacere di altre, non so, per esempio se le piace stare molto
a tavola penserei a un avvelenamento con il cianuro, sai che
bello! Se invece le piace andare in macchina, ci starebbe bene
un sabotaggio dei freni. Insomma è tua moglie, vedi un po' tu!
Abbracci da tuo fratello.*

Altro che fantasia!
Ora che siamo in argomento, vi devo ripetere che il racconto appena letto non è tratto da un film horror, ve lo
assicuro!
Ve ne voglio raccontare un altro, che va nella direzione
opposta. Da questi racconti si evince chiaramente che i
bambini chiudono le orecchie ai consigli e spalancano gli
occhi agli esempi. In questo caso non ci soffermeremo a
dare spiegazioni psicologiche, altrimenti ci perderemmo
in mille cunicoli, e daremo per scontato che è così perché
è la lunga esperienza che lo dice.
In quale scuola non si è parlato di fame nel mondo? Penso
che tutti ne abbiano parlato, anzi abbiamo aperto anche
dei laboratori, coinvolto esperti venuti da fuori a spiegar-
ci, così succedeva nella mia scuola, abbiamo fatto scrivere
ai bambini impressioni, temi, per amor di Dio, tutti molto

interessanti, ma il più delle volte inutili.

Mi ricordo che due genitori non si accontentarono delle parole, anzi di quel fiume di parole: decisero di affrontare il digiuno per sole ventiquattro ore (non sto parlando del famoso giornale), coinvolgendo anche la figlia al fine di toccare con mano, per poter capire meglio l'argomento della fame. Ora non entriamo negli episodi che accaddero in quelle ventiquattro ore e vi posso solo dire che la mamma, la più determinata a portare in fondo l'esperimento, durante la notte fu costretta a fare la guardia davanti al frigorifero.

Vige la prassi che dopo, e anche durante, un lavoro svolto su un argomento, si raccolgono le impressioni personali degli alunni, di solito con un testo scritto.

Sarebbe veramente interessante farveli leggere tutti, ma vi riassumo io, in poche parole, il contenuto. In tutti i testi si potevano leggere le stesse frasi ascoltate mille volte e ripetute all'infinito, insomma stereotipi che somigliavano alle letterine di natale piene di buoni propositi e di desideri.

Nel testo di Matilde, dopo ventiquattro ore di digiuno, avevamo trovato osservazioni di carattere fisico: i crampi allo stomaco, la debolezza, il mal di testa, eccetera. Ma sviluppava anche considerazioni di tipo psicologico e psichiatrico, per esempio che in quelle ore aveva perso la voglia di fare qualsiasi cosa, compreso i compiti di scuola, e che era ossessionata da un solo pensiero, trovare qualcosa da mangiare in giro per la casa, e che aveva avuto delle visioni.

Solo concretezza! Non voglio fare commenti su questo episodio perché si commenta da solo, ma voglio dirvi una cosa. Dopo qualche anno incontrai i genitori di Matilde per caso e, chieste sue notizie, mi dissero che l'estate, lontana dai suoi studi, la trascorreva in Etiopia dove operava in un'associazione di volontari. Quando si dice che la mela non cade lontano dall'albero, eh!

Voglio ribadire che questi accenni all'educazione dei più piccoli non sono assolutamente casuali e mi rendo conto che bisognerebbe dedicarci un saggio intero, scritto da chi ha impegnato la sua vita totalmente a questo scopo.

Mentre scrivo ci sto pensando seriamente, perché ritengo che non vi sia un argomento più interessante e più degno di considerazione per la società. Spero comunque che questi piccoli e frammentati accenni siano un suggerimento o uno stimolo per chi opera nel settore.

VII.

Maria aveva una figlia di dieci anni, Sofia, una vera bellezza! La bambina era rimasta a vivere con il padre, dopo il divorzio, così avevano deciso di comune accordo.

Sofia era un amore, era la ragione di vita della madre che, appena aveva una giornata libera, la dedicava a lei. Il padre riusciva a conciliare il lavoro con l'impegno scolastico della figlia, mentre Maria era quasi sempre fuori, dove la portava il lavoro.

Con me trascorreva le uniche e pochissime giornate libere dedicate a se stessa negli ultimi due anni. Me ne aveva già parlato, ma quel pomeriggio mi raccontò tutta la vita di sua figlia. Mentre ne parlava andava in estasi. Non so se è così per tutte le mamme né se l'aggettivo "morboso" riferito ad un attaccamento sia corretto, ma, se lo fosse, quello sicuramente era il caso.

Avrebbe rinunciato al suo lavoro senza preoccuparsi del suo futuro, pur di stare vicino alla figlia. Mi spiegò che furono i suoi genitori e il suo ex marito a dissuaderla dal rifiutare quel lavoro. Del resto, non solo rappresentava una sicurezza economica, ma era la sua passione, il sogno per cui aveva speso tutta la vita e anche un'occasione irrepetibile.

Sofia aveva dieci anni e aveva riunito intorno a sé tutto l'affetto e l'amore dei genitori e dei nonni, nonché di tutti coloro che le stavano vicino. Quando la conobbi, la domenica successiva, mi resi subito conto del perché di quel legame speciale: era una bambina eccezionale, una persona di cui ti innamori subito, al primo impatto: era dolce, bella, simpatica, adorabile e dotata di tante intelligenze.

Per esempio, anche se non amava la matematica, era una bambina prodigio: in due minuti risolveva a memoria operazioni complesse, come una divisione con cinque o sei cifre al dividendo e tre al divisore, o moltiplicazioni con sei o sette cifre al moltiplicando e tre al moltiplicatore. Era considerata il fenomeno non solo della sua classe ma anche della scuola e a lei questa cosa non piaceva molto, anzi le dava fastidio perché tutto era, tranne che vanitosa. Questa della matematica, era una dote che aveva ereditato dal nonno paterno, il quale, sebbene non avesse coltivato in modo particolare queste capacità, era diventato un eccellente insegnante di fisica e matematica, ora in pensione.

Quel sabato, Maria mi chiese se mi avrebbe fatto piacere andare con lei a fare un'escursione sull'adriatico, di fronte alla foce del Po. Saremmo stati in tre perché aveva promesso da tempo alla figlia questa gita. Ci sarebbe stato anche il suo team, poiché quella per lei era una giornata di lavoro. Perciò domenica mattina ci svegliammo molto presto e, come avevamo sempre fatto, ci gustammo il sorgere del sole: la rinascita, ricordate?

Quella mattina il sole, dopo una giornata di pioggia intensa, fece capolino in mezzo ad un cumulo di nuvole, come se avesse addosso un accappatoio o una camicia da notte, e restò così per tutto il giorno.

Facemmo colazione e andammo a prendere Sofia, che ci aspettava sotto casa col suo zainetto in spalla. Aveva sognato questa gita particolare con la mamma da molto tempo, perciò ci confessò che la notte non era riuscita a dormire e, a dire il vero, anche noi avevamo riposato molto poco, ma ciò non ci impedì di vivere una giornata indimenticabile.

Siamo arrivati in macchina fino a Porto Tolle, dove ci attendevano altri tre ragazzi, il suo team di lavoro. Lì salimmo su una piccola imbarcazione, piccola ma molto ben attrezzata. Alcune analisi venivano espletate sul posto. L'obiettivo di quel giorno era quello di recarsi al largo e prelevare campioni d'acqua a varie profondità e poi analizzarli per testare l'inquinamento provocato da un tipo di alghe, nonché dalla fuoriuscita di petrolio dalla piattaforma di estrazione sita qualche miglio più al largo.

Mi lasciai convincere da Maria ad indossare l'equipaggiamento e ad immergermi anch'io. Era la mia prima esperienza da sub e vi assicuro che ne valse veramente la pena. L'altro ragazzo che si era immerso con noi portava una telecamera. Restammo in acqua circa quindici minuti, la visuale non era molto chiara, l'acqua era alquanto torbida e non era neanche una bella giornata di sole, ma lo scopo era stato raggiunto lo stesso.

A bordo Maria, mentre scrutava al microscopio alcuni campioni, tenne un'interessante lezione di biodiversità e di microbiologia, sia a me sia alla figlia, che non smetteva di fare domande e la madre non si stancava di dare risposte.

Fu una di quelle giornate che non si possono dimenticare. Sofia aveva chiesto insistentemente alla madre di fare immergere anche lei e Maria le aveva spiegato che era proibito dal regolamento. Le promise comunque che, finita la scuola, in estate, magari in una bella giornata di sole, avrebbero fatto insieme quell'esperienza.

Fra le tante cose belle che possedeva Sofia, c'era una sana curiosità per tutto ciò che di nuovo avveniva sotto i suoi occhi e chiunque avesse conosciuto le sue capacità, l'avrebbe immaginata da grande, un medico, un matematico o un fisico.

Niente di tutto questo. Lei era patita per la danza e non aveva mai perso una lezione. La madre mi raccontò che stava molto attenta a non cadere per paura di rovinarsi una caviglia, che era molto seria e severa in questo e a nulla valevano le raccomandazioni dei genitori di fare la bambina a tempo pieno, cioè giocare e divertirsi senza quelle preoccupazioni, tipiche delle ballerine professioniste.

Era fatta così Sofia, una piccola donna con la quale feci subito amicizia. Si era instaurato tra noi un bel feeling.

Appena seppe dalla madre che vivevo in una bella campagna e che suonavo la chitarra e il pianoforte, cominciò a tempestarla con la domanda "Quando andiamo da Andrea?" La ripeté tante e tante di quelle volte che la mamma, per forza, dovette prometterle che sarebbe successo la domenica successiva.

Arrivarono molto presto la mattina e mi trovarono nell'orto mentre annaffiavo i pomodori e l'insalata. Sofia naturalmente mi levò il tubo di plastica dalle mani e continuò lei il lavoro, non mi chiese neanche come procedere perché era stata cinque minuti ad osservarmi molto attentamente.

Dopo facemmo una bella passeggiata fra gli alberi che erano quasi tutti fioriti. Guardando quella bambina così felice di trovarsi in mezzo alla natura, mentre raccoglieva fiori e cercava quadrifogli, mi venne in mente quando anch'io alla sua età andavo a trovare i nonni materni in campagna, in mezzo agli ulivi e ai fichi d'india. Certo che non cercavo quadrifogli, ma cercavo di costruire una casa sull'albero e a legare corde per poter saltare da un albero all'altro: Tarzan era infatti uno dei pochi film che allora davano alla televisione, insieme a Zorro. Penso che siano stati gli eroi più emulati dai bambini di allora.

Cercai di immedesimarmi in quella bambina e di immaginare alcune cose che la potevano rendere felice in quella domenica per lei così diversa. Quando si avvicinò l'ora di pranzo le domandai: "Sofia, ti piacerebbe aiutarmi a fare la pasta in casa? Tua mamma mi ha già detto che non è capace, che ne pensi?" "Sì, mi piacerebbe tanto, ho visto la nonna che la faceva, però non so se è uguale a quella che vuoi fare tu." "Non importa, - le risposi - facciamo quella che hai già visto fare, tanto la base più o meno è sempre la stessa, farina, acqua e qualche uovo".

Preparammo il piano di lavoro e tirammo fuori gli ingredienti. Mancavano le uova ma andammo a prenderle da una vicina che per consuetudine me le metteva da parte tutte le settimane. Dopo mezz'ora di lavoro "Evvualà! Ecco la nostra pasta fatta in casa! Ora tocca alla mamma preparare il sugo mentre la pasta si asciuga e noi andiamo a trovare le caprette." "Le caprette?" "Certo, le caprette, non le hai ancora viste?" "No, ti prego, ti prego, andiamo a vederle!"

Mi prese la mano e mi trascinò fuori. Avevo quattro caprette che gironzolavano sul piano di casa e, quando riposavano, andavano in un piccolo rifugio del piano terra, di fianco alla cantina, dove una volta c'era la porcilaia. Quando invece non riposavano, ruminavano sempre.

Da una parte mi aiutavano a tenere pulito il prato ma dall'altra sporcavano con i loro escrementi, quelle palline nere-marroni sparse per il cortile di casa. Ad onor del vero devo dire che le capre, rispetto a tutti gli altri animali, fatta eccezione per i gatti che tendono a coprirli, sono quelle che sporcano di meno e i loro escrementi sembrano delle piccole olive cadute dall'albero e dopo un giorno sono già indurite.

Lo sapevate che la capra, se non riesce ad arrivare a un frutto o a un fusto, sale con le zampe anteriori sulla schiena di un'altra per arrivare più in alto? Ne sapeva qualcosa il mio pergolato davanti alla porta di casa, da quando erano arrivate loro non abbiamo più trovato un solo chicco di malvasia! Per forza! Si stavano mangiando anche la vite! "Con tutta l'erba che c'è in giro - ripetevo fra me e me - perché mai devono fare tutta questa fatica per arrivare alle foglie dell'uva?" Domanda alquanto ingenua: dove c'è gusto non c'è perdenza e gli animali umani si comportano allo stesso modo. Più semplicemente potremmo fare un'elementare considerazione di tipo scientifico: il verde più in alto prende più sole e quindi più sapore.

Ad ogni modo quel giorno contribuirono a rendere più felice la giornata di una bambina curiosa e desiderosa di nuove scoperte. Specialmente trattandosi di un incontro ravvicinato di terzo tipo.

Per goderci meglio la giornata di sole in mezzo alla natura decidemmo di portare una tavola sotto la grande quercia e di pranzare lì. Dopo pranzo non potei sottrarmi alla richiesta insistente di Sofia di suonare la chitarra. Non so quanti di voi, bambini o adulti che siate, avete avuto l'occasione di trovarvi in un luogo così, con un sole così, con delle persone così e un'atmosfera così, all'ombra di una quercia secolare.

Cantammo tutto il pomeriggio e, prima del calar del sole, ci divertimmo col tiro dell'arco. Io ero diventato un campione e dedicavo molto tempo a questo sport.

Se avete mai pensato che la felicità sia un'altra cosa o che sia da un'altra parte, beh, vi siete sbagliati!

Finita la scuola Maria e Sofia venivano a trovarmi spesso e ci comportavamo come una famiglia. Facevamo lunghe passeggiate con un cestino in mano per raccogliere le more belle mature e quelle che non mangiavamo finivano in dei vasetti di vetro, messi poi a bollire a bagnomaria. Vi assicuro che anche dopo anni sono ancora buone da gustare.

A volte Sofia teneva qualche lezione di botanica. La madre mi aveva avvertito che la bimba aveva comprato un'enciclopedia per sapere tutto sulle piante e sugli ortaggi. Ve l'avevo detto che era molto curiosa e intraprendente e detestava di essere colta impreparata.

Una sera, come d'abitudine, uscii per andare a chiudere la barra con il lucchetto e in mezzo al boschetto adiacente vidi uno spettacolo che non vedevo da tempo: un pezzo di cielo era caduto fra i rovi, migliaia di lucciole ferme a mezz'aria. Tornai in casa e strada facendo immaginavo che quello spettacolo sarebbe stato il più bel regalo che avrei potuto fare a Maria, ma soprattutto a Sofia. Le presi per mano e le condussi sul posto dicendo loro che c'era una sorpresa e che quindi non potevo dare spiegazioni. Riuscite ad immaginare le loro facce davanti a quello spettacolo? Era la prima volta, anche per Maria. Restammo lì a lungo, senza fiatare, e Sofia non fece nessuna domanda, come se non si trattasse di un evento scientifico, ma magico.

Fui io che, con aria scherzosa, le dissi: "Domenica prossima devi venire preparata sulle lucciole, ti raccomando! Credo che dovrai comprare una enciclopedia sugli insetti." Poi mi addentrai in una breve spiegazione scientifica: "Le lucciole sono dotate di appositi organi luminosi sotto l'addome, sono insetti appartenenti alla famiglia dei coleotteri e ve ne sono moltissime specie. Vengono avvistate nelle sere d'estate e sono un indicatore di biodiversità. Gli scienziati non hanno ancora ben capito come facciano ad accendere le luci né perché lo facciano. L'ipotesi più accreditata è quella del corteggiamento amoroso." Con questa spiegazione evitai a Sofia di dover fare un'altra spesa per l'enciclopedia. L'assenza di una spiegazione scientifica, a parte quella semplice che avevo dato io, ci lasciò comunque in quell'atmosfera magica in cui eravamo immersi. Ma, quand'anche ve ne fosse stata una più precisa, di sicuro non avrebbe scalfito le emozioni intense di quel momento.

Anche durante l'estate, essendo in collina, di sera faceva freschino ed io accendevo il camino, tenendo bassa la fiamma.

Così, anche quella sera ognuno di noi prese il piatto in mano e si trasferì davanti al camino. Durante e dopo la cena, dietro richiesta di Sofia, raccontai tutto su quella campagna, compreso ciò che avevo appreso dal vecchio mugnaio.

"Vive ancora? - mi domandò Sofia con la testa poggiata sulle mie gambe e gli occhi che si stavano abbandonando al sonno." Conoscendola bene, non le lasciai il tempo di chiedermelo e l'anticipai, promettendole che un giorno o l'altro saremmo andati a trovarlo.

MARGHERITA

I. ALLA FIUMARA

Margherita, giovane e da poco vedova, ogni giovedì scendeva per una via accidentata, con una grossa cesta di biancheria da lavare fino alla fiumara.

Come potete immaginare sin da adesso, non si tratta di una storia epica che si svolge sul Missouri con cavalieri in cerca di gloria, ma di una semplice ragazza alla ricerca di un suo futuro, che al momento fa la lavandaia in un angolino sperduto della Calabria.

Era appena finito maggio e Margherita percorreva quella via accidentata canticchiando, col collo diritto come una *geisha* giapponese, tra alberi di fico, ulivi, fichi d'india e il profumo dei ciliegi.

Sembrava danzare con quella cesta sulla testa e di tanto in tanto sollevava con la mano destra la sua lunga gonna per oltrepassare i cespugli in mezzo alla mulattiera senza impigliarsi. Le poche ciliegie già mature a portata di mano le raccoglieva, mettendole nel marsupio ricavato con un nodo dalla sua lunga camicetta merlettata, lasciando alla vista il suo grande ombelico.

Andrea avrebbe voluto essere un pittore o un fotografo per immortalare quella bellezza danzante fra sassi e cespugli. Alla fiumara, dove l'acqua era bassissima e trasparente come la sua anima, c'erano pietre di ogni dimensione, levigate dal tempo e dall'acqua, lisciate tanto da sembrare specchi che riflettevano la luce del sole, squadrate come pagine di un libro di storia, per testimoniare i millenni di epoche passate.

Lì deponeva la cesta di panni sporchi e, per prima cosa, con cura e disinvoltura, arrotolava la gonna e la sottoveste insieme, dal basso verso l'alto, proprio al contrario di come si fa con un poster o una tela. A volte invece le prendeva da entrambi i lati e le annodava davanti, all'altezza dei fianchi, liberando la sua intimità di donna da involucri ingombranti. Era lo spettacolo degli spettacoli! Indescrivibile! Tutti quelli che Andrea avrebbe visto dopo, e vi assicuro che sono stati tanti, non hanno retto al paragone. Forse perché aveva solo tredici anni e mezzo e, si sa, a quell'età tutto viene amplificato. Era il tempo dell'adolescenza, il tempo delle prime scoperte importanti nella sfera sessuale, i testi parlano di allo erotismo ovvero del bisogno di avere un partner, il tempo delle auto carezze. Non che questo sia l'unico tempo stabilito, intendiamoci! Ciascuno lo fa per tutta la vita, ma in questa fase la pratica è molto più intensa, nonostante qualcuno, nel segreto di un confessionale, per la precisione Don Vincenzo, raccomandasse di evitare o di non approfittarne troppo, pena la cecità assoluta o l'inferno assicurato. Ma a soli tredici anni e mezzo Andrea si rendeva conto che cominciava a diventare un "uomo" e glielo raccontavano una marea di spermatozoi, finiti su un prato in mezzo all'erba, che urlavano in coro: "Abbasso don Vincenzo! Abbasso don Vincenzo!" L'idea che ciò andasse contro il volere di Dio non lo sfiorò né allora né mai e comunque seguì alla lettera la raccomandazione di tenere le mani a posto, perché quello sicuramente era il posto giusto! Altrimenti, quando avrebbe fatto quella sensazionale scoperta?

La famiglia, la società, la scuola, tutti avevano un po' di responsabilità nel tenere nascosto l'argomento della sfera sentimentale e di quella sessuale. Ancora oggi, nel terzo millennio, sono argomenti *top secret*, di più, sono un tabù.

Per fortuna ciascuno ha imparato da solo e per questo motivo alcuni affermano che certe cose non si insegnano perché sono innate, come il dormire o il mangiare e tutti i bisogni fisiologici. Io nutro seri dubbi in proposito.

Ma ora, cari lettori, torniamo a noi. Vi ho lasciati davanti a Margherita come davanti a un quadro da osservare a lungo, disquisendo su un argomento che, seppure interessante, ci porta lontani da lei, che mi sforzerò di tenere al centro del racconto.

Devo dire che non portava biancheria intima in quella circostanza, non per impudenza, ma per necessità: per lavare i panni spesso si immergeva fino al bacino e poi, alla fine, amava fare un bel lavaggio intimo, cosa più comoda lì che a casa.

A quei tempi, non tutti avevano il bagno in casa e, di quelli che lo possedevano, non tutti erano forniti di vasca da bagno o doccia, esclusi ovviamente i "benestanti". Una bella e comoda tinozza rappresentava il top.

A ridosso della fiumara, proprio in mezzo, vi era una piccolissima spiaggia di sabbia grossa, un canneto e poi si allargava un bel prato che finiva ai piedi di piccoli calanchi. Marco ed Andrea, compagni di scuola sin dalla prima elementare nonché amici per la pelle, condividevano tutto: la merenda, la fidanzatina, le scappatelle.

Si trovavano dunque dietro al canneto, a pochi metri di distanza, ben nascosti, o almeno così pensavano, e ad una cinquantina di metri più su c'erano altre lavandaie, che ogni tanto domandavano a Margherita, a voce sostenuta vista la distanza: "Come stai? È da un po' che non ci si vede.» Margherita tagliava corto e si limitava a rispondere: "Sì, è vero, ho avuto tanto da fare.» E poi, giù la testa a sbattere i panni insaponati sulla pietra più grossa e piana, proprio come fanno i pescatori con il polipo appena pescato, e a strofinarli come se impastasse il pane.

Alla fine, sciacqua e risciacqua finché l'acqua non è chiara e, solo allora, mentre le bolle di sapone seguono il lento andare dell'acqua, Margherita, dopo averli esaminati contro luce, si avvicinava al canneto e li stendeva.

In quel momento i due piccoli guardoni si abbassavano fino a scomparire, ma riuscivano a vedersi quello spettacolo tra le fessure di felci e canne. Erano a un passo, in primissima fila e nessun dettaglio di quel dipinto gli poteva sfuggire. Erano rossi in faccia come peperoni, un po' per la vergogna e un po' per l'eccitazione: se fossero stati scoperti con le mani nel sacco», cosa avrebbero potuto dire o fare? forse sarebbero scappati via.

Non successe niente di tutto questo, perché, ad un certo punto, Andrea alzò un po' la testa e vide sul viso di Margherita un sorrisetto beffardo e malizioso. Li aveva scoperti, pur facendo finta di niente. Andrea non ebbe nessun dubbio, si avvicinò all'orecchio di Marco e sussurrò: «Ci ha visti!» "Sei sicuro? - disse Marco, e aggiunse - E ora che cosa facciamo?» «Fammi pensare!»

Era sempre Andrea quello che doveva risolvere le faccende ingarbugliate e quella lo era e come! Comunque devo dire, ad onor del vero, che qualsiasi decisione egli prendesse, anche sbagliata, Marco non gli addossava mai la colpa, era leale e coerente e questa era la cosa di lui che avrebbe continuato ad apprezzare sempre di più nel tempo.

Cari lettori, stavo pensando a come descrivere quel quadro o meglio quel capolavoro e mi sono accorto che non ho trovato le parole giuste. Quando si vedono spettacoli mozzafiato non si può fare altro che suggerire agli altri di andare a vedere di persona, pronunciando la fatidica espressione: «non sapete cosa vi perdete!»

Ma dato che né voi né io possiamo andare a vedere questo benedetto spettacolo, sarebbe proprio il caso che vi aiutassi ad immaginarlo, visto che in qualche modo mi è stato descritto.

In fondo, non è questo il lavoro di uno scrittore? Ebbene, vi ho già detto che non sono uno scrittore, perciò dovete accontentarvi e liberare le briglie della vostra fantasia!

Dunque, quella visone mi fu descritta con queste parole: era una poesia perduta nel cuore, come una poesia scritta da Dio; la stessa immagine Andrea ebbe per i profumi e la musica dell'acqua che scorreva lentamente e lambiva le pietre dolcemente, note scritte da Dio. La stessa sensazione che si avverte davanti a «Monna lisa» o a «Guernica»: si rimane senza fiato.

Contenti? A questo punto vi starete chiedendo che fine abbiano fatto e quali pensieri abbiano attraversato le menti di Andrea e Marco. Ebbene, erano pietrificati, fermi, immobili come statuine, in attesa di chissà che cosa. Come in un'istantanea tutto era rimasto fermo. Voglio dire che, sebbene avessero smesso di auto accarezzarsi, erano super eccitati.

A dire il vero erano perennemente eccitati e le volte che hanno toccato il cielo con un dito erano infinite: la felicità che dura pochi attimi e poi si perde. Ma vorresti ripeterlo all'infinito quell'atto impuro, così lo definiva don Vincenzo, poiché la sensazione di piacere che si annida fra le pieghe dell'ipotalamo è grande e sublime.

Tornando alle manovre di Margherita, l'ultimo panno steso erano un bel paio di mutandine bianche col pizzo e, pensate, le aveva stese proprio davanti alla loro faccia, penso in modo provocatorio, come se ce ne fosse bisogno! Quello era solo l'aperitivo! Non che si aspettassero il pranzo, ma Margherita, non ci è dato sapere da quale musa fu ispirata, aveva pensato anche al dolce. Fu così che, con tutte e due le mani, aprì quel canneto come si fa con un sipario. E in quel momento, secondo voi, come si sentivano quei due marmocchi alle prime armi? Erano come travolti da un evento molto, molto più grande di loro, completamente inaspettato e forse anche indesiderato, sebbene mille volte sognato. Tutto era stato messo a fuoco, non dalla vista ma dagli altri sensi: il tatto, anzi il contatto, l'olfatto e l'udito. Sembrava tutto surreale e, mentre un turbine di sensazioni li avvolgeva, lei prese le loro mani, in totale quattro, e le posò come farfalle sul suo petto. Queste presto diventarono quattro ragni impacciati in cerca di prede. Lei lo fece con un sorriso rassicurante, come volesse dire: «Si parte, vi staccherò un biglietto per il paradiso ed io verrò con voi.» E siccome come tutti i bigliettai di questo mondo aveva solo due mani, il bigliettaio divenne conduttore, con due mani e una bocca e due passeggeri con quattro mani avide di esplorazione. Alla fine del viaggio la bocca sollevò dal fiero pasto e tutte le mani si dedicarono ad un abbraccio comune e quando i rantoli del piacere si acquietarono, dalla fonte da cui provenivano uscì infine un sorriso d'amore.

Mi rendo conto che non è facile descrivere un *big bang* di felicità, perciò mi limito a dire che fu una bella lezione orale e manuale impartita a due ragazzini alle prime armi. In mezzo a tutte queste sbavature di parole spero che non si sia perso né la decenza né il significato delle cose e, soprattutto, la purezza di quell'attimo d'amore.

II. L'ESTATE CON MARGHERITA

Per tutta l'estate non si perdettero mai l'appuntamento del giovedì, avrebbero superato qualsiasi ostacolo. Gli altri giorni della settimana diventarono insignificanti, ma gli ostacoli da superare per due ragazzini, seppure ormai svezzati, vi assicuro che non erano pochi.

Infatti un giovedì la famiglia di Andrea voleva fare visita ai nonni che vivevano in campagna e lui fu colto di sorpresa da quella improvvisa decisione. Per nessuna ragione al mondo avrebbe rinunciato al suo appuntamento, voi lo potete capire bene, vero? Avrebbe venduto l'anima al diavolo. E così la sua mente, era già un maestro in questo, cominciò ad escogitare tutte le scuse possibili ed immaginabili per non partire con loro. Se sua madre era una santa donna, suo padre non era un tipo molto tenero e quando si levava la cintura dei pantaloni erano sorci verdi!

Non si può dire che fosse violento, ma sapete, a quei tempi, i genitori pensavano che una strigliatina ogni tanto facesse bene. Lungi da me dal giustificare certi metodi! Vorrei semplicemente farvi constatare che quando c'è l'amore in famiglia anche queste cose passano in secondo piano. Per inciso, io ho fatto l'educatore o l'insegnante, come dir si voglia, per quarant'anni, perciò ne so qualcosa! Potremmo aprire una lunga discussione psico-pedagogica, ma in questo momento, in tutta sincerità, sarebbe noiosa e fuorviante.

Quindi, tornando a noi, essendo Andrea uno spirito libero, non ha mai rinunciato alle sue idee o avventure, sempre alla ricerca di nuove scoperte. Non è così che si cresce? Andrea era, come si direbbe oggi, una testa calda: nessuno in nessun luogo avrebbe potuto condizionarlo, anche se gli fosse costata una bella punizione corporale. Non scorderà mai i ceci sotto le ginocchia, le bacchettate sulle mani, quasi sanguinanti, l'umiliazione di essere messo dietro la lavagna faccia al muro. In questo caso non c'entra niente l'amore, ma l'ignoranza e qualche frustrazione repressa dell'insegnante, vera espressione del proprio tempo!

Anche questa volta, dunque, pur di non rinunciare, avrebbe affrontato qualsiasi conseguenza. Per fortuna gli venne subito l'idea giusta, come sempre del resto: sarebbe andato con loro e poi, visto che lì vicino abitavano dei suoi cugini, avrebbe potuto dire che sarebbe andato a far loro visita, non era la prima volta che accadeva.

Si sarebbe messo d'accordo con Marco e si sarebbero visti alla fiumara, che non distava molto dalla campagna dei nonni.

Così, né quella volta né mai più dovette ricevere punizioni di alcun genere, non prese più né una cinghiata né uno schiaffo anche se, bisogna riconoscerlo, in più di una occasione li avrebbe meritati. E per questo deve ringraziare i suoi genitori anche se non ci sono più.

Bisogna aggiungere che con quello che gli concesse quel giorno Margherita, avrebbero pagato qualsiasi prezzo. Quel giorno avvenne un fatto straordinario: persero un po' della loro purezza in cambio di un pezzetto di paradiso.

Non me ne vogliate se non entro nei particolari, anche Margherita perse la sua purezza. Infatti, finita l'estate, ciò che aveva fatto con due bei ragazzini impacciati lo continuò a fare con altri e altri ancora, insomma con una schiera di uomini, così si diceva in paese, che andavano e venivano dal suo appartamento situato in un vicolo cieco che, sebbene fosse ben nascosto, col tempo tutto il paese ne venne a conoscenza.

Fu così che tutte le donne tradite e qualche puritano spietato, non certo i carabinieri o il sindaco e gli assessori e neppure il resto degli uomini, resero la vita a Margherita molto difficile e, quando l'aria divenne irrespirabile, una mattina raccolse la sua poca roba, la sistemò in una valigia e prese la corriera che la portò lontano.

È inutile dirvi che a quel punto Margherita aveva già prosciugato parte del PIL della piccola cittadina, aveva fatto prestazioni solo a uomini facoltosi: avrà pensato che se si deve annegare è meglio farlo nel mare.

Comunque avrebbe solo anticipato quello che aveva in animo da tempo: una grande città, per mandare in paradiso centinaia, migliaia di uomini. Venne fuori lo spirito dell'imprenditrice. L'attività non durò così a lungo e in effetti non si trattava di una schiera, ma di pochi individui eletti pieni di quattrini.

Tuttavia, per quanto mi riguarda, quell'attività non cambia né nome né carattere.

Ciò che ha fatto Andrea in tutti gli anni che seguirono non è importante, perché ora stiamo parlando di Margherita, che, come ho detto nella presentazione, è la protagonista principale di questo racconto.

Posso solo dirvi che da lì a poco la sua vita e quella di Marco si sarebbero separate per sempre e posso aggiungere che sicuramente Margherita non aveva la vocazione per quel mestiere.

Credo che, essendo così giovane, fosse molto sola e confusa, come del resto capita a molte persone a quell'età.

III. MARGHERITA A MILANO

Dopo molti anni, bella come Andrea la ricordava, Margherita ricomparve davanti ai suoi occhi increduli.

Andrea aveva vissuto a Milano per ben venticinque anni della sua vita, in periferia, lontano dal traffico e da tutto quello che costituisce il logorio della vita. Ma appena gli impegni glielo permettevano, faceva un salto in centro a trovare degli amici. Fu così che, una mattina, prima di pranzo, entrò in un bar di via Dante, la via che sfocia in piazza del Duomo, e si avvicinò al bancone per ordinare un caffè con lo scontrino in mano. Aveva già notato la presenza di una bella donna, capelli neri, mossi e lunghi, fasciata da un abito nero fino alle ginocchia, dico fasciata perché più aderente di così non si può immaginare. Era proprio attaccato al suo fianco e, dopo aver bevuto, lui il primo sorso di caffè e lei il primo del cappuccino, girarono, per un attimo solo, entrambi la testa, uno verso l'altra. Un gesto istintivo, che di solito si compie per sapere chi hai vicino, ma non sempre con questa sintonia. E poi, francamente, chi non avrebbe avuto la santa curiosità di sapere a quale viso appartenesse quel corpo perfetto!

Immediatamente avvertì un calore allo stomaco, che pian piano saliva verso l'alto fino ad esplodergli in faccia, in tutto il suo rossore. Anche lei con la coda dell'occhio continuò ad esplorare per dar conferma a quel ricordo che era immediatamente affiorato alla sua mente. Come se volesse scappare dal suo passato, buttò giù tutto d'un sorso il resto del cappuccino e si avviò verso la porta. E lui? Lui ascoltò il cuore, bypassando la mente, ed ebbe un solo pensiero: «Non si può perdere così chi ti ha iniziato all'amore!»

Corse verso l'uscita, come se stesse perdendo l'ultima corsa del treno, e chiamò: «Margherita!»

Lei si voltò e, dopo averlo squadrato dalla testa ai piedi, con un sorriso sincero gli disse: «Ciao! Allora sei veramente tu!» "Sì, sono io." Avvicinatasi, dopo una breve esitazione, lo abbracciò a lungo, sussurrandogli all'orecchio: «Come sono contenta di vederti!»

In quel momento Andrea si rilassò come se avesse conquistato il mondo e il suo cuore cessò di dare calci come un mulo impazzito. Era stato colto da un'emozione strana e la paura che non si voltasse e proseguisse per la sua strada era stata tanta. Ma è probabile che lui, caparbio com'era, l'avrebbe seguita e «pedinata», insomma non si sa proprio come sarebbe finita, forse si sarebbe conclusa con una grossa delusione.

Questo è quello che pensa oggi, allora invece cercò di sfruttare al meglio quegli istanti, facendo in modo che non fossero gli ultimi, e disse la prima cosa che gli venne in mente: «Senti, è quasi ora di pranzo, perché non cerchiamo un posticino per pranzare insieme, fare quattro chiacchiere e festeggiare questo incontro così inaspettato?» «È una buona idea - gli rispose Margherita senza esitare troppo - anche perché ho una fame da lupi.»

Fecero quattro passi fino a Piazza Castello, dove c'era un ristorantino biologico, unico all'epoca a Milano e perciò sempre pieno, ma quel giorno l'attesa non fu lunga. I proprietari erano diventati suoi amici, erano marito e moglie molto affiatati, non solo sul lavoro, ma anche nella vita di coppia. Avevano un bellissimo carattere, sempre col sorriso sulle labbra e come faceva d'abitudine con Andrea, Lucia, la moglie, si avvicinò a loro, in piedi in attesa di un tavolo. Li abbracciò cordialmente e col suo modo garbato disse: «Complimenti! - rivolgendosi ad Andrea ma dando un'occhiatina fugace a Margherita - hai una bella fidanzata!» «Grazie cara, - le rispose Andrea compiaciuto - ma è solo una carissima amica appena ritrovata e si chiama Margherita.»

In quel momento pensò alla loro età: «Cavolo! Si vede che per lei il tempo si è fermato. In fondo lei aveva cinque anni più di lui o, in realtà, ne dimostrava lui di più?»

Dopodiché li invitò a bere un aperitivo, che intanto il marito aveva preparato. Era lui che gestiva il banco-bar e la moglie pensava alla cucina. Era una delle poche donne che non gli facesse rimpiangere troppo la cucina di sua madre. Finalmente, un tavolo per loro! Si accomodarono e dopo un po' Lucia prese l'ordine, perché gli amici più stretti li voleva servire lei. Oltretutto Andrea era uno dei primi clienti, nonché promotore del ristorante, oltre che amico, e si sentiva a casa sua perché era trattato come uno di famiglia.

Mangiarono riso integrale con funghi, verdure alla griglia e un pezzo di crostata fatta con mele, pere e pezzetti di mandorle.

Sin dall'abbraccio fuori dal bar, sebbene l'emozione fosse diminuita, avvertì che il suo cuore continuava a battere irregolarmente e questo durò esattamente fino a quando non ebbe la certezza che quella non era l'ultima volta che si sarebbero visti. Durante il pranzo parlarono solamente di sciocchezze, senza sfiorare le loro vite. Fecero qualche battutina sui gusti in generale: sull'alimentazione, sull'abbigliamento e cose varie, senza mai smettere di scrutarsi negli occhi, come se fossero entrambi alla ricerca di tante risposte a domande soffocate.

Perché non domandare? Erano troppo timidi, discreti? O semplicemente non era il momento più adatto? Una cosa ad Andrea non sfuggì di sicuro: gli occhi di Margherita erano pieni di tristezza e di malinconia e, a tratti, velati di lacrime che non volevano uscire, represse, come un pianto soffocato. Non per scaltrezza indagatrice, ma per intuito, mentre erano già fuori dal ristorane, Andrea le domandò: «Perché piangi?» «Ma io non sto piangendo!» A quel punto, non si sa perché, avvertì di aver preso in mano le redini della situazione e le disse: «Ora sai cosa facciamo? Andiamo a prendere la mia macchina e facciamo un giretto, sempre che tu non abbia niente di meglio da fare.» «No, io sono libera.»

Era sicuro della risposta, altrimenti quella domanda non gliel'avrebbe mai rivolta: era troppo rischiosa.

In quel momento avvertì in sé una tale sicurezza e tranquillità che avrebbe potuto affrontare qualsiasi argomento con lei: era evidente che stavano scambiandosi le chiavi dei loro cuori ed erano pronti a far cadere ogni piccola resistenza. Tutto ciò stava accadendo non perché erano in grado di esercitare il fascino l'uno sull'altro come due sconosciuti, ma semplicemente erano entrambi predisposti a fare entrare uno nella vita dell'altro.

Il destino aveva avuto un suo ruolo in tutto questo? Se si intende per destino ciò che accade ineluttabilmente al di fuori della nostra volontà, sì, ebbe un ruolo. Quel giorno, dopo aver fatto visita a dei suoi amici, Andrea avrebbe ripreso la sua solita vita e lei avrebbe continuato a gironzolare per la città alla ricerca di un lavoro e i giorni, i mesi, gli anni futuri sarebbero stati completamente diversi. Perché? Lo scopriremo più avanti.

IV. MARGHERITA A COMO

Appena occupati i sedili della vettura e prima di avviare il motore, Andrea le domandò con un sorrisetto sulle labbra appena accennato: «Dove vorresti andare?» Dopo una breve esitazione lei rispose: «Sul lago di Como.» «Bene, fra una mezzoretta saremo lì.» Quello era il tempo necessario per percorrere un pezzo di superstrada e un altro tratto di autostrada, costruita di recente.

Durante il viaggio la conversazione fu veramente carente: lei era rivolta pensierosa verso il finestrino, forse si stava godendo qualche nuovo paesaggio o l'incontro con Andrea la stava portando indietro nel tempo. Andrea, dal canto suo, non intendeva disturbarla.

A Como passarono tutto il pomeriggio a passeggiare, erano stati veramente fortunati ad avere una bella giornata di sole dopo due giorni di pioggia e nebbia, e fecero sosta su tutte le panchine del lungo lago, godendosi il panorama da molte angolazione diverse.

Una di queste panchine fu speciale, non perché fosse più bella o più comoda, ma perché Margherita cominciò a ripercorrere il suo passato insieme ad Andrea, forse sentiva questo bisogno da troppo tempo.

Lo guardò diritto negli occhi e poi, dopo un breve sospiro, cominciò a raccontare.

«Quando sono andata via dal paese avevo un bel po' di soldi, così pensai che a Milano li avrei potuti moltiplicare fino a diventare ricca, continuando a fare..."

«La puttana?» interruppe Andrea con un sorrisetto ironico ma rassicurante. Non avrebbe mai voluto fare una battuta del genere, ma erano entrati in confidenza e pensò che quella battuta l'avrebbe messa a suo agio e aiutata a non eludere nessun particolare del suo racconto.

«Sì, la puttana - rispose lei, per nulla infastidita da quella verità, - quindi affittai un bell'appartamento in Corso Magenta e cominciai a cercare un lavoro, un lavoro qualsiasi, ma in un anno non riuscii a trovare niente se non qualche impiego saltuario.

Una mattina mi guardai allo specchio e, pensando al mio recente passato, dissi a me stessa che forse non sapevo fare altro che l'imprenditrice del sesso e che vendere il mio corpo fosse l'unica cosa che mi rimaneva da fare. Così misi un annuncio sul giornale, uno di quegli annunci adescatori: massaggi e relax.

Il telefono squillava in continuazione, ma di visite ne ebbi poche, forse perché la tariffa pattuita era troppo alta e quelle poche persone che si presentarono andarono via molto insoddisfatte e deluse, visto che oltre il massaggio e una tazza di the non ottennero null'altro: non riuscivo più a fare neanche quello! O semplicemente non volevo più farlo. Però i massaggi, sebbene non ne avessi nessuna cognizione, mi riuscivano abbastanza bene, perciò continuai l'attività per un anno, con pochissimo successo naturalmente, finché un giorno si presentò un cliente, una brutta faccia: capelli folti e ribelli, una cicatrice sulla fronte, un tatuaggio sul dorso della mano e uno sul petto che rappresentava un ragno, una grossa catena d'oro che pendeva dal collo e reggeva un crocefisso. Sebbene si sforzasse di sembrare cordiale, avevo capito chiaramente che era una brutta persona ed ebbi la sensazione fortissima che mi stavo cacciando in guai seri. Infatti mi fece dapprima una serie di complimenti e poi arrivò al punto: «Da oggi in poi nessuno ti potrà disturbare, io sarò il tuo protettore.» Io non capivo bene cosa intendesse, credimi, allora ero veramente ingenua e sprovveduta e, a pensarci bene, per molto tempo mi sentii come una cretina. La storia si ripeté, tutte le sere seguenti si presentò alla mia porta, sebbene gli avessi detto esplicitamente di non volerlo più vedere e che avrei chiamato la polizia. Finché non cominciò a chiedermi dei soldi. Quando mi rifiutai e tentai di buttarlo fuori con uno spintone, bloccò la porta semichiusa e prese un coltello dalla tasca della giacca e mi minacciò dicendomi che la sera dopo sarebbe arrivato con due soci e avrebbe voluto una certa somma e di preparare il tutto in una busta. Ero sola, sprovveduta e dannatamente spaventata, tutta la notte non feci altro che pensare a come sbrogliare quella tragica situazione, soprattutto ebbi la sensazione che non sarei mai più potuta uscirne. Alla fine decisi e alle prime luci dell'alba feci la valigia con l'idea di cambiare città, di allontanarmi prima che fosse troppo tardi. Sembrava ripetersi il mio destino: la cosa era già accaduta tempo prima, quella parte la conosceva anche Andrea, ma fuori dalla porta me lo trovai davanti con il coltello in mano, me lo puntò contro il petto e mi minacciò: «Allora non hai capito con chi hai a che fare, puttana!» E intanto con l'altra mano mi strattonò più volte e tirandomi per i capelli mi trascinò per il pianerottolo. Mi misi ad urlare a squarciagola e lui, da sopra i vestiti, mi fece un taglio in mezzo al petto, abbastanza profondo da mandarmi all'ospedale. Ho ancora la cicatrice, eccola! Guarda che bel ricordo! Ma questa è niente al confronto di quella che mi è rimasta nell'anima perché, a dire il vero, ancora oggi quella sensazione di paura non è sparita del tutto.

Mentre si allontanava senza fretta, col coltello puntato, mi urlò che non mi sarei liberata di lui così facilmente. Mi tennero per due giorni in ospedale, i medici mi chiesero come avessi fatto a procurarmi quella brutta ferita e dissi che mi era caduto addosso un coltello dallo stipetto in alto della cucina. Sembrò che mi credessero, altrimenti avrebbero esposto una denuncia ai carabinieri ed era l'ultima cosa che avrei voluto!

Il secondo giorno, verso le sei di sera, mi dimisero e all'uscita del pronto soccorso, lui era lì che mi aspettava, sicuramente aveva seguito l'ambulanza. Rientrai in fretta sperando che non mi avesse vista e feci il giro dell'ospedale, cercando l'altra uscita, riuscii a prendere un taxi e di corsa a casa!

Preparai la valigia in fretta e furia e con lo stesso taxi andai alla stazione dove feci un biglietto per Brescia.

Non so perché Brescia, forse perché sul tabellone delle partenze il treno per Brescia era il prossimo. Non c'era nessuna ragione se non quella di allontanarmi il più presto possibile e non avevo nessuno a cui chiedere aiuto.

Comunque mi sembrò che da qualche posto avrei dovuto ricominciare. Avevo ancora un bel gruzzolo per tirare avanti per un po' di tempo. Ero sola, impaurita e ossessionata da quanto era accaduto.

A Brescia, per maggior sicurezza, cercai di cambiare aspetto colorandomi i capelli e tagliandoli corti, portavo un paio di occhiali scuri che, sebbene mi dessero fastidio, mi assicuravano un certo anonimato.

Fui fortunata perché dopo appena due settimane trovai

un lavoro part time, di sera, presso una pizzeria.

Quando chiudeva il locale mi facevo sempre accompagnare o dal padrone o dal cameriere, senza dover accampare scuse, perché lo facevano con molto piacere. Di giorno ripresi a studiare, avevo frequentato la terza classe delle magistrali prima di sposarmi, volevo dare l'esame di maturità da privatista. Il tempo non mi mancava per dedicarmi allo studio e pensavo che mi avrebbe anche aiutato a dimenticare e a ricominciare veramente una nuova vita.»

Andrea interruppe a malincuore il racconto che stava scorrendo come un fiume in piena.

«Margherita, guarda! Sta scendendo la nebbia e fra un po' non riusciremo a vedere neanche la punta del nostro naso. Dobbiamo andare subito alla macchina!» Così, con passo sostenuto, arrivarono alla macchina e partirono prima di essere bloccati lì. Ma appena usciti dalla città, si resero conto che la visibilità era troppo scarsa per poter proseguire. Andrea fermò la macchina e fece una manovra a U azzardata per tornare indietro, del resto era meno pericolosa che lo stare fermi sul ciglio della strada.

Cercarono un parcheggio per la macchina e si incamminarono per le vie del centro, dove la visibilità era ancora buona, e cercarono un albergo dove passare la notte. Chiesero a un passante che gli indicò una pensioncina pochi passi più avanti.

Videro la scritta «Pensione del lago», salirono tre gradini e, dietro una piccola porta di vetro, furono accolti da un signore anziano. Andrea domandò se avesse due camere singole, possibilmente vicine, al che Margherita interruppe dicendo, col tono e il sorrisetto di una bambina: «Ho paura a stare da sola, prendiamo una matrimoniale, per favore!» Il signore accennò uno sguardo d'intesa e dopo un istante, con un pizzico di ironia: «Ho capito! La prima sulla destra al primo piano.»

Dopo avergli consegnato le chiavi e loro i documenti d'identità, gli indicò un posticino dove si poteva mangiare bene. A tavola, fra un boccone e l'altro, Andrea le disse incuriosito: "Sei stata tanto tempo a Milano, come è possibile che non ti sei fatta un amico o un'amica! E tuo marito?» Era rimasto troppo incuriosito durante il racconto di Margherita e questa sarebbe stata la prima domanda da rivolgerle. «A dire il vero ho un amico, anzi un'amica.» «Amico o amica?» «È una storia lunga» «Bè... il tempo non ci manca.» «È un trans brasiliano.» «Un trans?» «Ora si chiama Francisca, ci siamo raccontati tutto della nostra vita e a proposito di mio marito... non c'è più.»

V. L'AMICO DI MARGHERITA

Francisco viveva in un piccolo villaggio ai margini della foresta Amazzonica, dove pioveva cinque giorni su sette durante la stagione delle piogge e l'umidità penetrava nelle ossa. I suoi nonni erano indios, ma i genitori avevano subìto quella che, a torto o a ragione, viene chiamata civilizzazione. Lui aveva vissuto la sua infanzia e l'adolescenza nel dramma di una doppia identità: una bambina in un corpo di bambino. Non confidò a nessuno la sua condizione, neanche allo zio che lui amava e stimava, uno zio stupendo, che ne aveva fatto un chitarrista di ottimo livello. Fin dall'infanzia lo aveva portato con sé ai suoi concerti, prima come spettatore e allievo e poi come seconda chitarra. Un giorno, un piccolo aereo di linea perse il controllo e, dopo aver scoperchiato tre o quattro case, si abbatté sulla piazza principale del villaggio, finendo la sua folle corsa, tra rovine e fuoco, in un supermercato, quello che loro consideravano un supermercato. Fu una strage! Quel piccolo velivolo impazzito, arrivato da chissà dove, si prese anche la vita di suo zio.

Così, dopo qualche mese, realizzò che l'unica vera ragione che lo aveva trattenuto al villaggio non c'era più e un bel giorno, all'età di diciassette anni, mise qualche straccio in uno zainetto e, con la chitarra in spalla, si incamminò verso "Francisca», dopo aver lasciato una lettera sul suo letto per il fratellino Manuel e i suoi genitori.

La prima tappa fu Rio, dove arrivò in autostop e dopo tante peripezie. Cercò e trovò un lavoro e, con i risparmi messi da parte in due anni, riuscì a fare un piccolo intervento al seno, primo piccolo passo verso Francisca: due protuberanze, piccole per il momento, che ancora non voleva e non poteva esibire. Il Brasile era e ancora oggi è un paese pioneristico per quanto riguarda la chirurgia plastica e i trattamenti di trapianto di sesso o cambio di sesso, allora se ne parlava solamente, erano un sogno nel cassetto per molti.

Con i risparmi riuscì anche a farsi un biglietto per Parigi. Qui, in attesa di trovare un lavoro stabile, fece l'artista di strada, incantando i passanti col suo jazz; il suo era diventato uno spettacolo da non perdere per molti parigini con un buon orecchio per la musica, che pagavano molto volentieri per le cassette che incideva artigianalmente nello scantinato che lo ospitava, che andavano letteralmente a ruba!

Qualcuno dei suoi consueti spettatori lo segnalò ad una radio parigina e ben presto Francisco divenne una piccola star: la sua chitarra e la sua voce erano ascoltate non solo per le strade e le piazze ma anche in macchina e fra le mura domestiche.

Ormai si poteva permettere di realizzare i suoi sogni: diventare quella che era sempre stata. Un giorno si recò in un atelier di bellezza e cambiò tutto quello che si poteva cambiare del suo corpo maschile, dopodiché entrò in un negozio alla moda e pensò al guardaroba di Francisca. Io –proseguì Margherita - l'ho conosciuta in un pub di Corso Buenos Aires a Milano, una sera in cui avevo bisogno di stare fra la gente. Stavo mangiando un panino e bevendo una birra alla spina, che producevano i padroni stessi del pub; allora la birra era in voga e pian piano si stava sostituendo al vino, una ventata di cambiamento venuta dal nord nell'era della globalizzazione, appena cominciata. Ero tutta sola, seduta su uno sgabello davanti al lungo bancone, mi si avvicinò questa bella ragazza e fece una battutina molto leggera e originale: "Come va? Sei sola?» «Siediti!» la invitai io. Da allora continuammo a vederci sempre più spesso, la nostra amicizia diventava sempre più forte e sentivo che le catene della mia solitudine si stavano finalmente spezzando, grazie ad un rapporto vero e sincero.

Fancisca era una star nella comunità brasiliana, si era sparsa la voce del successo avuto a Parigi, dove ben presto, ahimè, sarebbe tornata.

A Milano c'erano quattro o cinque locali dove la sera si riunivano i brasiliani e Francisca si esibiva con la sua chitarra insieme ad un piccolo gruppo; io stessa non mi perdevo nessuno dei suoi concerti. Uno di questi giorni te la presenterò.» «Perché, è ancora a Milano?" «No, ma va e viene da Parigi e io sono la prima a saperlo quando arriva.» Andrea cominciava a sentire dentro di sé un pizzico di gelosia, comunque dalla sua promessa si capiva chiaramente che la storia tra di loro non sarebbe finita quella sera e questo lo riempiva di gioia.

Dopo cena, sebbene la nebbia si fosse infittita, passeggiarono percorrendo tutto il centro, mentre il suo racconto proseguiva a tratti, senza tener conto di un nesso cronologico: «Non mi hai ancora parlato della tua infanzia» «Non vorrei parlarne, ti dispiace?» Ma, dopo un breve silenzio: «Ci tieni così tanto?» «Sì!» E con un tono di voce che raccoglieva tutta la malinconia di questo mondo, Margherita proseguì: «Ho perso i genitori a nove anni, mi hanno cresciuta i miei nonni materni e, sebbene fossero semianalfabeti, hanno voluto che studiassi. Dopo la scuola media mi hanno mandato da alcuni zii in una città vicina, dove ho frequentato tre anni di magistrale. All'inizio del quarto anno scolastico è cominciata una storia con un ragazzo che lavorava in una falegnameria, più grande di me di quattro anni: ci siamo innamorati e ben presto abbiamo preso la decisione di sposarci, dapprima contrastata dai nonni e dagli zii, ma poi accettata come la non peggiore soluzione per un'orfana. In un anno il destino mi privò prima dei nonni e dopo del marito, il quale, avendo perso il lavoro, era partito per la Svizzera chiamato da un cugino che lavorava in una grossa ditta costruttrice di strade. Era partito facendomi la promessa che, appena avesse trovato un alloggio, visto che il lavoro era sicuro, avrebbe fatto domanda di ricongiungimento. Ma un mattino qualcuno ha bussato alla mia porta... era il postino con un telegramma. Mentre pensavo già ai preparativi per la partenza, l'ho aperto e ho letto «Condoglianze signora, purtroppo suo marito è deceduto a seguito di un incidente, ci occuperemo noi del trasporto della salma, a giorni le arriverà una lettera con le necessarie spiegazioni». Una frana, mentre si recavano sul posto di lavoro, si era portato via anche lui. Sono caduta nella più totale disperazione. Ancora oggi non so dove abbia trovato la forza per andare avanti con il peso del mondo che mi era appena crollato addosso. Potevo contare solo sulle mie forze. Alcune famiglie benestanti, a conoscenza della mia situazione, mi hanno affidato le pulizie domestiche e i panni da lavare. Cos'altro poteva fare una donna all'epoca in un piccolo paese? I soldi che guadagnavo comunque non bastavano per pagare l'affitto e il resto, perciò il primo corteggiatore, dopo infiniti rifiuti alle sue *avance*, mi ha offerto dei soldi in cambio di sesso e io, non so spiegarti perché, dopo averci riflettuto nottate intere, li ho accettati. Pian piano ho fatto la stessa concessione anche ad altri. All'inizio li chiamavo amanti, ma poi, quando la schiera aumentò, quella definizione è stata sostituita, inevitabilmente, con la parola "cliente".

Ricordo che, a causa delle ripetute proteste, arrivate soprattutto con lettere anonime, sono stata convocata in caserma, non so quante volte! Il brigadiere mi faceva entrare in una stanza e lì eravamo da soli; invece di riempirmi di insulti e minacce, manifestava solidarietà e mi parlava come fa un padre o un amico. Fu lui che, quando le cose si erano vieppiù complicate ed erano diventate pericolose con brutte minacce, venne da me e mi consigliò di partire perché, a quel punto, lui non avrebbe potuto fare più nulla, avendo le mani legate.

L'unica lettera che ho scritto, appena arrivata a Milano, era indirizzata al brigadiere, per ringraziarlo di cuore per quanto aveva fatto per me, ma mi è tornata indietro con la scritta "rispedire al mittente". Così mi sono resa conto che avevo perso anche l'unica persona con cui avrei potuto confidarmi.

Il seguito lo conosci. "Ma poi, a Brescia hai conseguito il diploma?" "Certo! A pieni voti! Quando ho lasciato la città, dopo cinque anni, sono ritornata a Milano, mi sono iscritta all'Università, ho dato parecchi esami ma non sono riuscita a finire: non frequentavo le lezioni perché mi sentivo in imbarazzo, sembravo una vecchietta in mezzo a tante ragazzine. Non so se troverò la forza e la concentrazione per continuare e finire." "Così siamo in due nelle stesse condizioni! - le disse Andrea, e continuò - per me non c'è speranza, io ho già tanti lavori da fare, mentre tu, sono sicuro che ce la farai. Vedo una possibilità concreta.» Tra una chiacchierata e l'altra si trovarono davanti all'albergo, salirono la gradinata e si trovarono subito davanti alla loro camera. Andrea le disse di entrare, mentre lui sarebbe andato giù a chiedere qualcosa da bere. Al ritorno, quando aprì la porta della camera, il suo cuore cominciò a battere più forte, lei era seduta sul letto vestita, col cuscino dietro la testa appoggiato a una testiera di legno dipinta di un verde pastello, sopra c'era una rientranza dove erano riposti in ordine sparso dei libri, qualche rivista e due abatjour. Stese il braccio e le accese tutte e due e gli chiese per favore di spegnere la luce. Nel frattempo nella sua mente Andrea cercava delle spiegazioni e continuò a farlo anche quando si sedette vicino a lei, che intanto stava sfogliando una di quelle riviste.

Perché non riusciva a vederla come una prostituta? Una persona dolce, sincera, genuina, senza trucco né veli, che aveva usato per un periodo il proprio corpo per superare le intemperie della vita, poteva essere considerata tale? No! Assolutamente no! Prima di tutto perché non ne aveva l'indole e poi perché le vere puttane non conoscono nessuna delle virtù che rendevano così amabile e speciale Margherita, anzi loro, le vere puttane, percorrono tutti i vizi capitali e per alcune bisognerebbe inventarne di nuovi. Loro sono tutt'altro: con un falso sorriso stampato sulla faccia sotto una maschera di cera e gli occhi pieni di rabbia, gelose, viscide, istigatrici, pronte a giocare con la vita degli altri, arriviste, passano la maggior parte del loro tempo nei salotti «per bene», dove c'è odore di soldi, vendendo l'anima a pezzettini pur di arrivare,

Ahimè! Margherita non era neppure stata sfiorata da tutto questo e poi, in definitiva, era acqua passata e chi era lui per giudicare? E ancora, non è vero che tutti hanno diritto a una seconda *chance*? Infine gli tornò alla mente il ricordo dei suoi tredici anni e mezzo, a dire il vero anche al ristorante mentre lei parlava gli successe più volte, solo per quello le avrebbe perdonato anche la vita più dissoluta e poi era lì, bella e splendente come una stella, cos'altro poteva contare di più?

A dire il vero, pur non essendo credente, gli venne in mente anche la frase di Gesù: "Chi è senza peccato scagli la prima pietra". Mentre navigava in questi pensieri, Margherita si sedette sul bordo del letto e cominciò a spogliarsi mentre gli domandava con una semplicità_che al momento non comprendeva bene: "E tu vuoi restare così tutta la notte?" Andrea riprese tutto il buon umore e rispose con una battutina spiritosa: "Neanche per sogno!" E fu nudo, sotto le lenzuola, prima di lei. Si abbracciarono teneramente, saltando i preamboli verbali, e fecero l'amore come due vecchi amanti e vi assicuro che non fu un ripasso degli antichi giochi, ma un'altra cosa, completamente nuova.

Vorrei dirvi che durante quell'estate magica della sua adolescenza, Margherita le appariva nei sogni come un angelo venuto dal cielo; dopo gli episodi alla fiumara, le tolse le ali e l'aureola, ma continuò a pensare a lei come al più bel sogno della sua vita; aveva letto, attraverso i suoi occhi, tutte le pagine della sua anima e non avrebbe desiderato altro dalla vita, naturalmente questa era la visione di un adolescente.

Crescendo si era innamorato e disamorato decine e decine di volte, ma quel giorno a Milano il destino gli aveva fatto rincontrare la donna dei suoi sogni che, nonostante il tempo passato, non aveva mai dimenticato. In quel letto in un alberghetto di Como a una stella, non so proprio raccontare le emozioni che avvertirono e non so neanche se basti chiamarlo semplicemente "amore".

Adesso potrei finire qui il mio racconto, vi confesso che sarei tentato di farlo, ma voglio continuare perché ci sono tanti altri episodi interessanti. Non so se quelli raccontati lo siano stati, né se la parola «interessanti» sia quella giusta, tuttavia ci provo lo stesso.

Margherita rispose ad un annuncio pubblicitario apparso sul giornale e fu convocata in uno studio di un affermato commercialista e finalmente, dopo tanti colloqui andati a vuoto, le fu fatta la proposta di un lavoro serio e stabile salvo un periodo di prova di tre mesi. Le competenze di Margherita, sebbene avesse conseguito il diploma di laurea in pedagogia, non parevano affatto compatibili con le esigenze di uno studio di commercialista, ma «il capo "le affidò svariate mansioni da svolgere, lontane dalla contabilità.

Molto spesso le chiedeva di trattenersi dopo l'orario di lavoro per battere a macchina una lettera o altro ed alla fine le faceva la proposta di andare a cena e poi le *avance*, che si facevano sempre più ardite e pesanti. Bene, questa è una storia vecchia che si ripete nel tempo e comune nella vita lavorativa di molte donne, soprattutto se sono belle: alcune finiscono col cedimento altre con il licenziamento. Margherita aveva deciso di non cedere più, di non lasciarsi più travolgere dagli eventi ma di gestire lei la propria vita e fu così che si licenziò da sola e a nulla valsero le preghiere del suo sporco ricattatore, che, pur di tenersela vicina, le aveva promesso solennemente che avrebbe cambiato atteggiamento.

Di questo episodio non ne fece cenno con Andrea se non dopo molto tempo. Ve l'ho raccontato per aiutarvi a capire la vera natura di Margherita. Molte ferite sanguinanti si erano chiuse in lei, ma erano rimaste profonde cicatrici nell'anima, che sicuramente la facevano soffrire molto, ma la rendevano anche più forte che mai.

Tornando un po' indietro: prima della laurea di pedagogia che Margherita avrebbe sostenuto a febbraio, quando Andrea visse un periodo di immensa felicità, per la laurea ottenuta a pieni voti e le prospettive che le si presentavano davanti; non avrebbe ottenuto la lode, ma in cambio un milione di baci da parte di Andrea.

In una via illuminata a giorno, in mezzo ad una folla di gente che andava e veniva con in mano pacchi e pacchetti i più svariati possibili, legati con nastrini di tutti i colori ma soprattutto di quelli natalizi, il rosso e il giallo oro, in mezzo a gente che passeggiava a "braccetto", bambini con la mano in quella dei genitori, coppie incantate a guardare le vetrine più illuminate che mai e piene di novità, Margherita ed Andrea arrivano in piazza del Duomo gremita di passanti, con la gradinata che ospita centinaia di stranieri seduti ad aspettare un incontro. Chi conosce Milano sa che quello è il posto dei cittadini del mondo, questo è il nome che gli aveva dato Andrea, un giorno che si era seduto ed aveva ascoltato, per la prima volta, conversazioni in tutte le lingue possibili e immaginabili. Insomma un ritrovo e un luogo d'appuntamento per stranieri costeggiano il duomo.

A fatica, facendosi strada a spallate, arrivano in piazza San Babila e lì Margherita gli dice: «C'è una sorpresa per te!» E a quattro passi di distanza, sotto il portico, una bella ragazza chiama: «Ehi, Margherita! Sono qua, dove guardi?» Avvicinatosi, prima che Margherita parlasse, Andrea domanda: "Tu sei Francisca vero?» «E tu sei Andrea.» Dopo il cerimoniale fatto di saluti e abbracci, si organizzano, stilando un piccolo programma per il resto della giornata. La prima tappa è una passeggiata nella vicina Via Montenapoleone. È inutile dirvi che anche qua c'è una marea di gente, per cui si fanno largo a fatica. Per chi non lo sapesse, Via Montenapoleone è la via della moda, conosciuta anche a livello internazionale, e a due passi c'è Via della Spiga, anch'essa molto rinomata.

Insomma qui, calpestando tappeti rossi in mezzo ad alberi di Natale addobbati spesso con capi di abbigliamento, borsette, cappelli, gioielli, si può ammirare una esposizione dell'ultima moda italiana, veramente originale in questa via illuminata a giorno!

Ecco il programma: per prima cosa avrebbero dovuto allontanarsi da quella calca di gente e poi sarebbero andati in via Paolo Sarpi per mangiare una pizza speciale, che allora a Milano in pochi facevano, e poi sarebbero andati a trovare degli amici di Francisca. In pizzeria Francisca, sollecitata da Margherita, si lascia andare ad un racconto molto toccante che riguarda la sua adolescenza: «Mio nonno era rimasto a vivere sul fiume Rio anche se, dopo la morte della nonna, tutti i parenti e amici avessero cercato in tutti i modi di convincerlo ad andare a vivere nel villaggio, come avevano fatto tutti gli indios. Lui rimase lì dicendo che non conosceva un altro modo di vivere e poi alla sua età... figuriamoci! Viveva in una piccola capanna fatta di paglia e fango, abbastanza comoda per una sola persona e molto attrezzata. La capanna era situata su un piccolo piazzale, a qualche decina di metri dal fiume, e il nonno passava tutto il suo tempo pescando seduto su una sedia di vimini che mio zio gli aveva regalato e coltivando un piccolo orto che gli dava quanto bastava per vivere.

Mi ricordo che mio zio mi portava spesso con sé a trovarlo, dovevamo attraversare un bel po' di foresta per arrivare e spesso avevamo entrambi lo zaino a spalla pieno di cose di ogni genere da portare al nonno. Ogni volta per me era una nuova un'avventura, anche se facevamo sempre la stessa strada, che era la più sicura. Mio zio mi faceva conoscere un mondo che ignoravo, dandomi lezioni su una natura a cui l'avidità dell'uomo stava infliggendo brutte ferite e sulla foresta che sicuramente, pezzo dopo pezzo, sarebbe presto scomparsa diventando legno per tuti gli usi.

Il giorno di Pasqua mio zio mi venne a svegliare all'alba e mi disse di prepararmi perché saremmo andati a trovare il nonno che compiva novant'anni. Mi vestii di corsa e insieme andammo a comprare una bottiglia di whisky. Dovete sapere che mio nonno era astemio finché due giovani irlandesi, che erano stati suoi ospiti per una settimana, non gli mandarono come ringraziamento una delle bottiglie più preziose della loro cantina: il nonno non solo l'apprezzò, ma lo bevve un po' alla volta, gustandolo come se fosse un nettare venuto dal cielo.

Appena arrivammo alla capanna lo vedemmo seduto che pescava. Aveva il capo piegato da una parte e il braccio che si muoveva a strattoni. Per forza! All'amo c'era attaccato il pesce più grosso che avessi mai visto, ma il nonno non so se aveva avuto il piacere di sentirlo o vederlo, perché i suoi occhi erano chiusi e non li riaprì mai più. Restituimmo il pesce alla vita e il morto alla terra: scavammo una fossa lì vicino alla capanna, dove era sempre vissuto e dove avrebbe voluto essere seppellito." «È morto sereno?» Domandò Margherita. "Certo, il suo volto era molto rilassato, credo che abbia fatto la morte che aveva sempre desiderato e ricordo che un giorno, mentre parlavamo della morte, mi disse di non avere nessun motivo per temerla, anzi, per lui era una delle poche avventure nuove che la vita gli avrebbe riservato.» Sebbene l'argomento fosse interessante e toccante, Andrea comincia a diventare triste e malinconico senza capirne il motivo. Credo che Margherita se ne sia accorta, perché chiama il cameriere e chiede il conto e li invita ad alzarsi per dar seguito al programma della serata. Escono dalla pizzeria e si incamminano verso il locale dove Francisca era attesa dai suoi amici che, a quanto pare, sono tanti ma in verità si comportano più da fans che da amici. Francisca fa le presentazioni con tutti, sono affabili e sprizzano quella sana e proverbiale allegria brasiliana che più tardi sfocia in canti e balli tipici, la salsa predomina, con Francisca che si esibisce con la sua chitarra.

Fu veramente una bella serata che superò ogni aspettativa. Ne seguirono altre nei quindici giorni in cui Francisca si trattenne a Milano, durante le quali spesso suonavano in due, lei ed Andrea, e devo aggiungere che, in quel poco tempo, quest'ultimo imparò tanti piccoli segreti della chitarra grazie a Francisca. Era veramente strepitosa!

Era notte fonda, Andrea e Margherita stavano dormendo da un bel po', erano ormai in quello che si dice la fase rem, e furono svegliati da piccoli botti sul vetro della portafinestra della cucina, contro cui stavano tirando dei sassolini. Andrea si vegliò prima perché aveva il sonno leggero e svegliò Margherita, che gli rimproverò di averla destata da un bellissimo sogno, cosa molto rara per lei fare un bel sogno! Ma Andrea le disse: «Dai, vestiti e vieni in cucina, guarda chi c'è!» "Francisca! Marianna! Lucia! Che bella sorpresa!»

Francisca aveva anticipato la partenza di due giorni e sarebbe partita quella mattina stessa e non voleva partire senza prima averci salutato. Quella notte Andrea approfondì la conoscenza con Marianna e Lucia, conversarono a lungo dopo aver preparato un bel piatto di spaghetti aglio, olio e peperoncino accompagnato da una bottiglia di rosso che avevano portato loro. L'amicizia con Lucia e Marianna durò molto a lungo. Attraverso loro, pian piano, Andrea conobbe tutta la comunità brasiliana che viveva a Milano e i locali che frequentavano, gli unici che lui stesso frequentava. Col tempo imparò i loro costumi, il loro modo di vivere, i pregi e i difetti di questo popolo.

VI. FINE DEL RACCONTO

A me sembra di aver vissuto tante vite, perciò mentre se ne apriva una se ne chiudeva un'altra. Non sto parlando di storie ma di vite diverse: certamente non scomparivo e ricomparivo sotto sembianze diverse, ma avvenivano cambiamenti sostanziali da un periodo all'altro.

I miei ricordi, in genere, sono molto sfuocati, anzi alcuni periodi sembrano spariti completamente. Per quanto mi sforzi, non mi viene in mente più niente di quello che mi raccontò allora Andrea di Margherita, tranne altre poche cose.

Ad esempio, un giorno Margherita gli disse che era riuscita a riconciliarsi con gli zii che l'avevano ospitata durante il periodo dei suoi studi alle magistrali. Avevano chiuso con lei ogni rapporto in modo drastico e definitivo dopo aver saputo del suo "mestiere». Questa riconciliazione sarebbe stata l'unica gioia per lei dopo tanto tempo, sebbene si trattasse solo di qualche telefonata di tanto in tanto.

Prima di incontrare Andrea, Margherita viveva alla giornata e passava tutto il tempo a prepararsi per qualche concorso o a cercare, invano, un lavoro soddisfacente, dato che tutti quelli che era riuscita a trovare erano precari e molto saltuari.

Per quanto riguarda la loro storia, vi posso dire che rappresentò una fra tante di quelle vite vissute da Andrea, certamente molto ma molto speciale, di cui non ricorda più niente: né quanto esattamente durò né quando esattamente finì e perché.

Ricorda che un giorno gli disse: «Vado a Parigi, ma non starò molto, Francisca mi ha telefonato perché c'è la possibilità di un buon lavoro e poi ho proprio bisogno di fare un viaggetto.» Pregò Andrea di andare con lei, ma per lui in quel momento era impossibile. Così, un paio di giorni dopo lui l'accompagnò alla stazione centrale. Il commiato che seguì, nessuno dei due l'avrebbe sospettato o voluto, in effetti si trasformò nell'inizio di un addio. Sì, si sono sentiti per telefono tante volte, si sono rivisti tante volte, lei, appena poteva, prendeva il treno e tornava a Milano e lui, dal canto suo, spesso si metteva in macchina e via, verso Parigi! Gli piaceva molto viaggiare in macchina.

La sistemazione, come avrete già intuito, per lei diventò definitiva, perché Margherita, mentre lavorava come commessa in un grande negozio, fu assunta in una scuola privata e quello, per quel che ricordo io, rimase il suo lavoro definitivo. Quindi né Andrea aveva il coraggio di lasciare quella sua vita che, fra l'altro, gli piaceva tanto, né lei quello che aveva sempre sognato e per cui aveva lottato tanto.

Certo, voi direte «che spiegazioni sono queste! Un grande amore non vince su tutto?" Cosa volete che vi dica, devo inventarmi qualcosa? Pensate semplicemente che nella vita tutto comincia e tutto finisce e, del resto, come avrebbe potuto vivere le altre vite Andrea? Lo so che come lettori vi sareste aspettato altro, ma questo è quanto, mi dispiace!

Io nel tempo ho sempre immaginato la fine come una sfumatura, O MEGLIO COME UNA DISSOLVENZA, non solo per questa storia ma anche per le altre.

Immaginate insieme a me una barca a vela che, col vento in poppa, si allontana sempre di più fino a scomparire oltre l'orizzonte. Tutti gli scrittori mentono e a volte rubano la vita degli altri o meglio se ne appropriano e la vendono. Io non faccio questo mestiere, per me l'unica cosa che conta è rubare tempo al tempo. Piuttosto, ci sono in questo racconto delle omissioni, fin troppe a dire il vero, anche riguardo alla fine, che vi confesso volevo tenere per me, solo per me, perché solo a pensarci mi porta dolore e ripercorrerla per scriverla lo raddoppia e capirete il perché. Alcune persone a me care, non credendo alla dissolvenza, mi hanno pregato di continuare il racconto e di arrivare alla fine, perciò ho deciso di continuare a scrivere e far conoscere anche a voi il vero finale di questa storia. Penso che, arrivati a questo punto, ne abbiate diritto.

In effetti non c'è nessuna dissolvenza o sfumatura, anzi! Il ricordo, sebbene Andrea l'abbia voluto rimuovere come ha cercato di fare con altri, è vivo e nitido, purtroppo.

Nell'epilogo della storia ci sono due elementi decisivi: uno si chiama Francisca e l'altro destino. Francisca, pian piano e senza volerlo, conoscete il detto "al cuor non si comanda», gliela stava portando via col suo fascino irresistibile. Devo ammetterlo, era così: irresistibile! Ma credo che non ci sarebbe riuscito, anzi ne sono certo e lo capirete anche voi. Come avete notato mi sono riferito a Francisca come ad un maschio, usando la parola non ci sarebbe «riuscito». Inconsciamente quindi devo dedurre che Andrea l'abbia ritenuto un rivale in amore. L'altro elemento, come vi dicevo, è stato il destino che, come gliel'aveva riportata, gliela portò via. Se con Francisca aveva molte *chance,* contro il destino zero, anche se ha lottato con tutte le sue forze e c'è stato un momento in cui pensava di aver vinto. Facciamo un passo indietro! Una sera verso mezzanotte squilla il telefono. Andrea era appena rientrato "Pronto! Sei tu Margherita?" "Sì, sono io - con una voce insolita che subito lo mise in all'arme - non sto molto bene", questo è uno di quegli eufemismi che, soprattutto per lei, voleva dire che stava malissimo. "Per amor di Dio, Margherita, dimmi che cosa hai!" "Stai tranquillo! Sono solo un po' giù di corda e non sai quanto, in questo momento, vorrei averti accanto." "Io purtroppo non ho il dono dell'ubiquità, però puoi spiegarmi, possiamo stare al telefono quanto vogliamo, avanti, spiegami!" "No, senti Andrea, ne parleremo quando ci incontreremo." "Lo sai che per un po' non posso venire a Parigi" "Sì, lo so! Per questo ho deciso di venire io questo fine settimana." "Allora è già deciso?" "Certo, domani farò il biglietto del treno e sabato mattina sarò a Milano, ti raccomando! Al solito orario." "Bene Margherita, ora raccontami come è andata la giornata!" "Niente di speciale se non mi sentissi uno schifo, comunque al lavoro è andato tutto bene, il pomeriggio l'ho trascorso alla radio con Francisca e dopo siamo andati in una rosticceria, abbiamo comprato un pollo arrosto con patatine fritte e una bottiglia di vino rosso, siamo stati a casa mia fino a mezz'ora fa."

Andrea avrebbe voluto insistere, chiedere ancora perché si sentiva uno schifo, ma conoscendola sapeva che sarebbe stato inutile. Avrebbe voluto andare a letto tranquillo, invece non fu così: quella notte e quella seguente il suo cervello si arrovellò in mille pensieri, ma uno soprattutto si fece strada nella sua mente: era successo qualcosa con Francisca, non era la prima volta che ci pensava, quella relazione aveva qualcosa che non lo convinceva. "Ma che cosa vai a pensare! - si era ripetuto più volte - con un trans?" Comunque la tenne al telefono il più possibile, parlando della sua giornata e di altri argomenti, con la vana speranza di strapparle qualche parola in più sul suo stato d'animo.

A proposito di telefono, voglio fare una precisazione, anche se ciò rappresenta una piccola deviazione dal racconto. Eravamo negli anni ottanta, perciò il portatile non era ancora nato, quindi gli SMS, le foto e quant'altro erano ancora fantascienza. Affidavamo alle lettere le nostre conversazioni, alle cartoline illustrate e alle telefonate domestiche. Ricordo che avevo la segreteria telefonica, che era sempre piena. Chi non ricorda la frase ancora in uso, preparata con molta cura e diligenza dopo aver raschiato bene la gola per trovare la voce più bella e più chiara, che si ripeteva davanti al microfono finché non era stata pronunciata alla perfezione, ognuno si sentiva uno speaker, almeno una volta nella vita. "Siamo momentaneamente assenti, lasciate un messaggio, sarete chiamati appena possibile" e dall'altra parte qualcuno incazzato sbatteva il telefono fino a spaccarlo, senza contare le imprecazioni e gli anatemi di cui le cabine telefoniche erano strapiene. A volte ci penso e rido da solo come un matto immaginando tutte le frasi dette quando dall'altra parte del filo rispondeva una segreteria. Ma forse che non succede ancora oggi? Chi non ha provato a fare un numero verde di tutti gli enti che ci tengono per le pal... volevo dire per le tasche?

Le cabine telefoniche e i gettoni hanno fatto un'epoca, tenendo la gente in collegamento, oggi sono degli splendidi pezzi d'antiquariato e qualcuna è stata lasciata in qualche piazza a memoria. L'unica funzione collegata al telefono del tempo, quindi, era la segreteria che, col tempo, invece di migliorare è peggiorata di molto, con Mozart o Beethoven in sottofondo e una voce deliziosa, il più delle volte femminile, che ripete all'infinito "sarete contattati da un nostro operatore appena possibile, non riattaccate o perderete la priorità". Tutto questo mentre stai finendo il pranzo, la telefonata era partita alle undici e l'operatore che dovrebbe rispondere è al bar davanti ad una tazzina di caffè, l'ennesimo della giornata, poverino!, che sta flirtando con la collega di lavoro o la barista. L'unica cosa buona in tutto questo è che qualcuno ha ascoltato per la prima volta "per Elisa".

D'altra parte però, come ci spiegherebbero lo psichiatra o lo psicologo, questo qualcuno, tutte le volte che ascolterà musica classica, per associazione gli tornerà in mente l'infinita incazzatura per l'attesa al telefono, con la logica conseguenza di odiare la musica classica.

Lo so! È pura fantasia e la verità sarà un'altra, ma io mi sento come un bambino e mi piace ancora scherzare e come sono veramente le cose non mi interessa proprio, ma in fondo, eh!

Il nostro telefono era in fiamme, appena possibile gli eravamo seduti accanto su una comoda poltroncina comprata esclusivamente per quell'uso, per conversare e, visto che allora non c'erano ancora le promozioni di oggi, le bollette salivano alle stelle. Ma le emozioni più belle e più forti le provavamo non quando dicevamo «pronto, sei tu?» ma quando aprivamo la lettera che era appena arrivata. Sebbene ci fosse già il telefono, era ancora così e la leggevamo, dopo aver strappato in fretta la busta, la rileggevamo e analizzavamo ogni frase, ogni parola, cercandovi tutti i significati possibili e immaginabili, e se qualcuno avesse ripreso il nostro viso avrebbe potuto girarci un film.

Come se non bastasse, il giorno dopo la si rileggeva, alla ricerca di qualche particolare sfuggito, magari fra le righe. Oggi arrivano solo bollettini da pagare e le cartelle di Equitalia.

Ritornando alla storia, Andrea andò alla stazione centrale con mezz'ora d'anticipo quel sabato. Il treno arrivò puntuale come sempre e, come sempre, il marciapiede del quinto binario si riempì di tante e tali emozioni da far scoppiare il cuore, che riprese il suo ritmo normale solo dopo un lungo abbraccio e mille baci.

«Come è andato il viaggio?» E da qui partì un lungo racconto dell'avventura appena vissuta, che finì solo quando arrivarono a casa e per alcuni tratti proseguì anche durante il pranzo che prepararono insieme; ad Andrea piaceva molto stare in cucina a chiacchierare mentre erano indaffarati con il cibo.

Il viaggio in treno, in effetti, ammenoché non si dorma per

tutto il tempo, è un'avventura. Nel vagone in cui si è seduti succedono tante cose, le più impensabili e inaspettate
e a volte gli incontri fatti sul treno diventano importanti
nella vita.

Sarei tentato di raccontarvi una bella storia al riguardo,
ma sarebbe troppo lunga. Perciò, tornando a noi, nel vagone e nel corridoio si incontra gente, ognuno con la propria storia di cui, per un momento, sei partecipe. Poi gli
odori, le occhiate strane, gli ammiccamenti, le conversazioni su ogni tema possibile e immaginabile, le uscite nel
corridoio con la faccia contro il finestrino e il naso schiac-
ciato, a veder correre i vari paesaggi che sfrecciano davanti a te, senza darti il tempo di capire. A volte sembrano
tutti uguali pur nella loro varietà, ma è un'avventura anche quando leggi un libro che non hai mai potuto leggere
per mancanza di tempo.

Anche per il povero «sfigato» che ha preso la cuccetta
per non arrivare stanco alla riunione o al lavoro, succede
qualcosa di strano: solo l'essere cullato dal movimento in-
cessante a zig- zag, accompagnato dal rumore delle rotaie
che dopo un po' diventa una ninna nanna che la mamma
non gli canta più da un bel po' di anni, anche per lui è
un'avventura. Come non ricordare poi la voce «panini,
caffè, caffè caldo». Qualcuno l'attendeva da ore, come un
segnale, una pausa che rompe la monotonia del viaggio,
che riprenderà fino alla prossima stazione.

Quando finirono di pranzare, Margherita gli prese le
mani e, come se volesse entrare in una sfera più intima, gli
sussurrò: «Sai ora che cosa facciamo?» «Che cosa facciamo?» «Laviamo i piatti e dopo... chiedimi se sono libera,
avanti chiedi!» «Sei libera?» «Sì, sono libera. Ora chiedimi
dove vorrei andare.» «Dove vorresti andare?» «Vorrei andare a fare un giretto...» «Un giretto dove?» «A Como.»
«No! Sei tutta matta! Con questa giornata, non è proprio

il caso, è freddino e poi sicuramente con questa umidità scenderà la nebbia." Lo guardò diritta negli occhi e con una smorfietta stampata sulla bocca gli disse: «A me piace la nebbia, a te no?»

Fu una richiesta irresistibile, del resto quel posto evocava così tanta gioia in entrambi che li sollecitò a prepararsi e partire. Andrea aveva previsto che sul lago ci sarebbe stata più umidità e più freschino, perciò buttò sul sedile posteriore della macchina due giacconi invernali, come se stessero andando a sciare, e partirono.

Durante il viaggio parlarono semplicemente del loro lavoro, della famiglia di Andrea e di quello che restava della famiglia di Margherita. A proposito dei suoi zii, le suggerì di andare a trovarli e riconciliarsi in modo definitivo. Lei non aveva nessun altro se non due cugine sposate con figli all'estero e le suggerì di rintracciare anche quelle, spiegandole, se ce ne fosse stato bisogno, che ciò non avrebbe che portato un po' di gioia nella sua vita: «A me basti tu.» Gli disse scherzando Margherita e poi gli promise che avrebbe seguito il suo consiglio.

Intanto il sole faceva capolino, ogni tanto spuntava da dietro un nuvolone prima di scomparire dietro un altro e ciò faceva sperare in un pomeriggio migliore di quello atteso.

In effetti anche a Como il tempo si mantenne instabile e concesse loro di fare una bella passeggiata sul lungo lago. Fecero sosta su tante panchine. Erano un po' più vecchi dell'ultima volta che erano stati là, ma la sosta più lunga la fecero sulla loro panchina preferita, dove lei aveva aperto il suo cuore per la prima volta. Margherita, come allora, prese le mani di Andrea nelle sue, lo guardò diritta negli occhi, mentre nei suoi era tornata tutta la tristezza e la malinconia del mondo, come se fossero state invitate, e spalancò la porta del suo cuore ancora una volta. La prima volta l'aveva fatto come una liberazione, ma questa volta ad Andrea sembrò molto spaventata. Lei, come vi ho già detto, era una persona aperta, schietta e leale, non nascondeva nulla, come faceva anche Andrea. Ma come tutte le persone di questo mondo, aveva un segreto e i segreti pesano e non si rivelano con la stessa leggerezza che si usa nel rivelare il gusto del gelato preferito. Per un momento si alzò dalla panchina e, fatti due passi, si appoggiò alla ringhiera del lungo lago. Andrea si alzò e da dietro le accarezzò i capelli con una mano, poi delicatamente la girò per guardarla in faccia. «Ma tu hai pianto?» «Non è niente, ogni tanto capita alle donne, ora tienimi fra le tue braccia e stringimi forte.» Passarono alcuni momenti, di quelli in cui le parole non hanno spazio. Forse nell'animo di Margherita si era aperta qualche vecchia ferita oppure ciò che stava per rivelare la faceva veramente star male. «Senti, non so come dirtelo - è in questo momento che Andrea si sentì mancare e sicuramente il suo pallore in viso deve essere stato tale che Margherita ritenne di interrompere la sua rivelazione per rassicurarlo - io ti amo ancora e più di prima e per questo trovo difficile trovare le parole, ma non posso più tenermi dentro questo peso.» «Avanti Margherita, non tenermi sulle spine, racconta!» «È a proposito della relazione con Francisca - non immaginate che sollievo provò Andrea, aveva immaginato mille cose peggiori, come per esempio: "non ti amo più" - voglio ritornare a Milano, credo che Francisca si sia invaghita di me e sta diventando assillante e il peggio è che anch'io...» "anche tu cosa?" "Forse... non lo so, sono confusa come non mai.» «Vuoi dirmi che siete andate a letto?» «Ma no, che cosa dici! Lo sai che te lo avrei già detto, il fatto è che stava accadendo più di una volta.» «Ma non è successo" disse Andrea con un'aria soddisfatta. «No, non me lo sarei mai perdonato, mi sarei sentita sporca ancora una volta

dopo aver passato la vita a ripulire la mia anima e poi...»
«E poi?» «E poi non avrei più potuto guardarti negli occhi come sto facendo adesso e questa, se non lo sai, è la cosa più bella che mi capita nella vita. Per me è come un miracolo che si ripete, ti guardo negli occhi anche quando siamo lontani. Ti prego, trovami un lavoro a Milano! Finito l'anno scolastico io voglio essere qui, abbiamo tre mesi di tempo ancora e, comunque vada, lavoro sì o lavoro no, io ritornerò lo stesso.» «Senti Margherita, la prima cosa che devi fare, per stare un po' meglio, è chiarire tutto con Francisca. Non ti chiedo di interrompere l'amicizia, rimane una persona speciale anche per me, anzi credo che dovrò parlarci anch'io. È importante che questa storia finisca e che ritorni tutto come prima, lo capirà anche lei, perché anche noi siamo importanti per lei e non vorrà di certo perderci. Ricordati che anch'io ti amo, ricordalo sempre, è importante. Ora se sei d'accordo lasciamo da parte per un momento questa storia e muoviamoci perché comincio a sentire freddino e anche tu, a quanto vedo, stai avvertendo dei brividi! Andiamo a prendere i nostri giacconi!»
Si incamminarono e dopo quelle dichiarazioni così rassicuranti Andrea, sebbene avesse fatto il pieno di gelosia, si sentiva talmente sollevato che non camminava, ma volava letteralmente. Dopo essersi coperti a dovere, c'era un luogo verso il quale le loro gambe si diressero inconsciamente e questa volta non era la nebbia che li costringeva a trovare un posto dove passare la notte. Arrivarono davanti a una porta di vetro con la scritta «Pensione del Lago», salirono tre gradini e furono accolti da un anziano signore: «Buona sera e ben tornati!» «Grazie! Vorremmo una camera per la notte, possibilmente la prima a destra del primo piano - in quella stagione le camere non potevano che essere tutte libere, perciò andarono a colpo si-

curo - e se è possibile ci deve indicare un posticino dove andare a cenare.» Fecero la loro richiesta sicuri di essere stati riconosciuti, dopo quel «ben tornati», e gli fecero i complimenti per la bella memoria. Egli indicò loro lo stesso ristorante_di qualche anno prima, dove andarono molto volentieri, e vi confesso che sia Andrea sia Margherita si aspettavano che glielo indicasse. Dopo cena, stretti l'uno all'altra, fecero ancora due passi, visto che il tempo era stato così clemente e per la prima volta cominciarono a parlare seriamente del loro futuro e a fare qualche progetto, soprattutto per quello prossimo. Quella sera, prima di andare a letto, Andrea andò alla reception e chiese al signore una bottiglia speciale, che lui andò a reperire in cantina. Con la bottiglia in mano, mentre stava aprendo la porta della stanza, il suo cuore riconobbe il luogo e il ritmo da assumere, ovvero stava impazzendo di gioia: l'altra volta si era trattato di un misto di paura e imbarazzo, ma in quell'occasione... Mentre Margherita, seduta sul letto, si stava spogliando, gli disse: "E tu che cosa fai? Vuoi restare così tutta la notte?" "Sì - le rispose lui - voglio starmene qui seduto a guardarti" c'era una sedia e un piccolo tavolo vicino alla finestra, mentre mi scolo tutta la bottiglia. "Perbacco! - disse lei, alzandosi di corsa dal letto - voglio partecipare anch'io a questo festino!" Seguì una lunga risata. Fu così che, finita la bottiglia, alla luce delle abat-jour, si scolarono anche tutto l'amore che era rimasto quel giorno.

Il mattino seguente sentirono bussare alla porta, doveva essere molto tardi, infatti era quasi mezzogiorno. Il signore domandò da dietro la porta: "Preparo la colazione intanto che vi preparate?" "No, grazie è quasi ora di pranzo, comunque fra dieci minuti siamo giù." Ritornarono al loro ristorantino dove furono accolti con un bel sorriso, come vecchi clienti.

Nel tempo, evidentemente ancora oggi, il lago di Como con il suo panorama, la sua panchina, l'alberghetto con una stella e il ristorantino rimasero nei loro cuori come testimoni di alcuni dei momenti più magici del loro amore. Domenica a mezzogiorno Andrea accompagnò Margherita al treno; la stazione faceva parte ormai dei loro incontri, testimone anch'essa di quell' amore; su quel marciapiede nessuna parola, solo abbracci, baci e carezze intrisi di quell'angoscia che lascia una separazione. E mentre il treno si avvia, "Ricordati che ti amo!".

Margherita telefonò appena arrivata e il giorno dopo ancora, si sentivano tutti i giorni ormai e non potevamo farne a meno.

Andrea, dal canto suo, passava il tempo libero a scrivere le domande di Margherita a tutti i concorsi aperti, compreso quello delle supplenze al Provveditore di Milano, dove gli avevano assicurato che avrebbe avuto ottime possibilità per una supplenza annuale, quantomeno di lavorare tutto l'anno nella provincia di Milano. In una loro conversazione avevano preso in considerazione la possibilità che Margherita lasciasse tutto subito senza dover aspettare la chiusura dell'anno, ma in quel caso la ragione prese il sopravvento, pensarono all'importanza del punteggio sul suo curriculum e desistettero.

Tutto quello che successe dopo poco tempo dipese da questa decisione? Quante volte Andrea si era chiesto perché in quel periodo tornava sull'argomento molto spesso, diventava insistente sul suo ritorno a Milano immediato, ma la ragione ebbe sempre il sopravvento.

Stava forse lottando inconsciamente contro il destino? Il destino che da lì a poco gliela avrebbe portata via? Vi avevo detto che contro il destino non avrebbe avuto nessuna chance, il nostro destino è scritto, non è conseguenza di scelte giuste o sbagliate. Loro stavano facendo la cosa giusta, se lo erano ripetuto tante volte, forse avrebbero dovuto seguire il cuore, ma si può vivere seguendo sempre il cuore?

A tutte queste domande non saprei veramente rispondere, ma quando il cuore bussa così forte forse sarebbe meglio ascoltarlo.

Oggi, con un pizzico di saggezza in più, ritengo di poter affermare che il destino dipenda sia dalle nostre scelte sia dal caso, la percentuale non la conosco.

Ora, dopo avervi fatto qualche anticipazione sulla fine della storia, ritorno in quelle ultime settimane trascorse a Parigi: Margherita aveva chiarito tutto con Francisca e lo aveva fatto anche Andrea telefonicamente. Era tornato tutto come prima, ma Francisca, con un piccolo ricatto, aveva strappato a Margherita una promessa: avrebbero dovuto fare un viaggio in Brasile insieme e lei avrebbe dovuto fingersi la sua fidanzata davanti ai suoi genitori e al fratello. Si prospettava come una breve vacanza nella prima decade di giugno, tutto pagato, allettante, vero?

Francisca non aveva mai fatto ritorno a casa da quel lontano giorno in cui, diciassettenne, mise qualche straccio nel suo zaino e prese il volo verso la vita. Però aveva pensato continuamente alla sua famiglia, mandando tanti soldi. Ma questo non gli bastava più e aveva dentro il bisogno, forse il più grande, di abbracciare i suoi cari. Voleva colmare a tutti i costi questo vuoto, non poteva più aspettare. Sebbene fosse spigliata, anticonformista, intelligente e affrontasse la vita con tranquillità nella sua nuova identità, era diventata un modello da seguire per tutte quelle come lei. Non aveva però il coraggio necessario per svelarsi alla famiglia. Sì, l'avrebbe sicuramente fatto, in un'altra occasione però, ora voleva solo essere il ragazzo di una volta che abbraccia i suoi cari.

Andrea, dal canto suo, aveva insistito tanto perché Margherita rinunciasse a quella vacanza e, quando lei aveva deciso ormai di rinunciare, lui si rese conto che non avrebbe mai permesso al suo egoismo di rovinare un solo giorno della vita di lei. Naturalmente oggi Andrea si rende conto che il suo egoismo avrebbe salvato Margherita, ma forse non avrebbe permesso al loro amore di vivere per sempre. Anche questa volta stavano facendo la cosa giusta, perciò... contro il destino, nessuna *chance*!

Una settimana prima della data, Francisca aveva già fatto i biglietti, Andrea telefonò a Margherita e le disse: "Cara, per nessuna ragione al mondo devi rinunciare a questo viaggio, sarà una bella avventura e se potessi lo farei anch'io. Scusami se mi sono lasciato trasportare dal mio egoismo che, per un momento, avevo confuso con l'amore, mentre tu, sì, rinunciavi per amore." "Ti assicuro che non ne avrei fatto un dramma - gli rispose lei e aggiunse - sei sicuro che non ti dà fastidio? Pensaci bene!" "Sì, sono assolutamente sicuro, devi andare. E comunque fra tre giorni prendo il treno e vengo a Parigi, così ti aiuto nei preparativi. Voglio dirti una cosa: ti ricordi quando alla stazione di Parigi guardavo insistentemente quella donna?" "Sì, eccome se mi ricordo!" "Si trattava di una mia vecchia avventura, oppure di una sosia; avrei voluto avvicinarmi a lei, sarebbe stata l'unica cosa logica da fare, eppure non l'ho fatto e non saprò mai perché. Ho come l'impressione che noi due abbiamo escluso il mondo intero, tu che cosa ne pensi?" "Sì, molto probabilmente hai ragione, comunque se l'avessi fatto non sarei morta di gelosia. Quando ti ho domandato che cosa stavi guardando con tanta insistenza potevi dirmi la verità, ora sì che sono diventata curiosa e gelosa, perciò quando vieni mi dovrai raccontare tutto. Vieni anche per aiutarmi nei preparativi, fai tutto questo per me?" "Perché, hai ancora dei dubbi sui miei sentimenti?" "No, su questo non ho più nessun dubbio, ma pensavo proprio che non mi avresti lasciato andare via."

Andrea trascorse due giorni a Parigi, tutte le altre volte era stato un mordi e fuggi. Fecero lunghe passeggiate per i Campi Elisi, la prima notte la trascorsero parlando del passato, soprattutto quello di Andrea. Il giorno dopo le comprò un trolley e una macchina fotografica, con la raccomandazione di fare tante foto. Fu quella l'ultima vacanza, furono gli ultimi anche se indimenticabili giorni.

Avrebbe dovuto chiamarlo dall'aeroporto di San Paolo e da Manaus e poi, quando sarebbero stati a destinazione, da Educandos.

Un presagio infausto del resto c'era stato. Quando insisteva affinché non andasse non era tanto per egoismo ma perché per due notti di seguito aveva avuto dei veri e propri incubi. Ma si era ripetuto che non si può lasciare che un brutto sogno condizioni la vita. In seguito, negli anni, questo infausto presagio si ripeterà in vista della perdita delle altre persone che di più aveva amato nella vita.

A Educandos Francisca e Margherita presero un taxi per arrivare a casa e il destino... in questo caso fu un autobus, li travolse, senza fare sconti. L'autista e Francisca morirono sul colpo, Margherita dopo tre giorni di coma, come se fosse stato regalato ad Andrea il tempo necessario per un ultimo abbraccio: tre giorni, nei quali il suo cuore continuò a battere.

Vi risparmio, anzi ci risparmiamo i particolari su quando, su come e da chi apprese la notizia. Qualcosa si spezzò per sempre.

Ebbene, facciamo qualche passo indietro. Vi ricordate di Lucia e Marianna? Marianna rimase a Milano e si sposò con un commerciante, per l'esattezza con il proprietario di uno di quei locali dove Andrea andava e con lei continuò l'amicizia fino ai primi anni novanta.

Lucia invece si sposò con un affarista import-export e nell'ottantasei si trasferirono in brasile dove il marito mise su una ditta. Lucia era l'unica, sebbene abitasse a sud del Brasile, cioè dalla parte opposta di dove abitava la famiglia di Francisca, a sapere tutto sulla fine di Margherita e Francisca, perché sapeva del loro arrivo ed era d'accordo con la famiglia di Francisca che si sarebbero sentiti non appena fossero arrivati. Ebbene, dopo tre giorni dall'infausto evento, Lucia ricevette la notizia dal fratello di Francisca e così andò a trovarli.

Dovete sapere che il Brasile è una terra sconfinata, come estensione contiene l'Italia trentacinque volte. Perciò non era così facile recarsi da sud a nord in poco tempo. Non reclamando nessuno la salma di Margherita, fu seppellita lì vicino alla tomba di Francisca, in un piccolo cimitero in terra straniera, con un figlio in grembo di quattro settimane, questo è quello che comunicarono i medici ai genitori di Francisca.

Margherita riuscì a telefonare ad Andrea dall'aeroporto di San Paolo, quella fu l'ultima volta che Andrea sentì la voce di Margherita.

La sua voce calda, soave e vibrante Andrea la ricorda ancora,
la ricorda come una preghiera o un inno alla vita;
i suoi occhi verdi tristi e malinconici, Andrea li ricorda ancora;
i suoi occhi profondi come il mare, Andrea li ricorda ancora;
ricorda i suoi sguardi che arrivano ancora alla sua anima come
una carezza;

come un fiore viene accarezzato da una dolce brezza,
lei: fiore che in un giorno di primavera
viene travolto da un'alta marea,
con quest'ultima metafora ricorda la sua fine Andrea.
Con il sole sul suo viso e il vento tra i capelli
così la ricorda ancora.

Con un lieve solco sulle sue labbra così
la ricorda ancora Andrea;
con un piccolissimo neo rotondo sul mento
così la ricorda ancora.
Con una piccola grinza fra gli occhi dopo una piccola bugia,
così la ricorda ancora Andrea.
Con due fossette ai lati del suo sorriso,
così la ricorda Andrea.
La ricorda
Come una margherita di campo fresca e pulita
che dona tutto il suo profumo nella sua breve vita.

Benedetta

I. IL RITROVAMENTO

Questa è la storia di una bambina che si chiamava Benedetta. Se l'avessi potuta vedere... quanto era bella! aveva
sette giorni quando, in una giornata fredda e scura, una
signora di nome Maria l'aveva portata con sé avvolta in
una coperta, guardandosi in giro con circospezione, ed
aveva bussato alla porta di un convento di suore.
Bussò tanto forte a quel portone che finalmente si aprì, le
si presentò davanti una giovane suora e lei, senza tanti
giri di parole, le mise fra le braccia quella creatura dicendo: "Sorella, a giorni verrà a riprendersela la madre, in
questo momento sta passando dei guai seri." Senza aggiungere altro se ne andò, avvolgendosi la testa con un
foulard , come se si volesse nascondere. Contravvenendo
a tutte le regole del convento, la suora, mossa da compassione e non potendo fare altro, la portò dentro, al caldo.

II. LO SCOMPIGLIO NEL CONVENTO

Quella creaturina piangeva ogni cinque minuti, di notte e
di giorno. Le suore avevano rotto il silenzio che regnava
sovrano in quel posto, anzi, qualche volta si misero pure
a litigare: "Io ho avuto sette fratelli e so come fare, che
ne sapete voi!" Diceva alle altre suore Lucia. "Anche noi
abbiamo avuto fratelli e allora?"
Alla fine smisero di litigare e si divisero i compiti: chi lavava i pannolini, chi la cambiava, chi preparava il latte,
chi la lavava e chi le cantava una canzoncina o una nin-

na nanna per farla addormentare. Erano tutte indaffarate, notte e giorno, non c'era più la vita di prima: sempre trambusto nei corridoi, nella cucina, nel bagno e perfino nel giardino, dalla mattina alla sera e la notte. Appena si sentiva il pianto, tutte, in camicia da notte, correvano verso la culla che avevano costruito loro stesse con materiale riciclato.

La bambina sta crescendo a vista, perciò bisogna cucire un nuovo abitino, scarpe un po' più grandi e un nuovo cappellino, non per andare alla festa ma perché quello vecchio non le sta più in testa.

III. L'ADOZIONE

All'età di un anno, quando Benedetta già camminava e parlava da un pezzo, le suore dovettero prendere una decisione importante. Erano mesi che discutevano sul futuro della bambina ed erano d'accordo sul fatto che non dovesse crescere nel convento. Così decisero di darla in adozione a due giovani sposi, che conoscevano bene Suor Clelia, diventata suora da pochi mesi.

Le suore fecero fatica a tornare alle vecchie abitudini, mentre Benedetta visse la sua vita felicemente, con due stupendi genitori.

La mamma biologica di Benedetta tornò, dopo tanti anni, esattamente dieci, che aveva scontato in prigione per aver commesso, secondo gli inquirenti e i giudici, un reato grave.

Dunque, dopo tanti anni bussò al portone del convento con la speranza di trovare la figlia o quantomeno le sue tracce, ma le suore non vollero mai svelare la verità che noi conosciamo. Così quella povera donna avrebbe dovuto vivere il resto della sua vita nel dolore e nell'infelicità, per una figlia perduta e mai ritrovata.

Ricordate che quando si sbaglia si paga a caro prezzo e quello, per una mamma, è il prezzo più alto che si possa pagare.

E Benedetta? Ah! Io finisco qua, non ho voglia di continuare il racconto perché sarebbe troppo lungo per me. Sono stanco e ho voglia di andare a dormire, se volete continuate voi, accomodatevi! Oppure finitela qui, con un «visse felice e contenta.»

Sono trascorsi appena dieci minuti, durante i quali ho bevuto una bella tazza di caffè e credo che per le prossime otto ore non prenderò sonno. Quindi, possiamo andare avanti con il racconto e vi dico fin da subito che la storia è piena di misteri e di sorprese, belle e brutte. Comincerò a parlarvi della mamma di Benedetta o, a dire il vero, di Viola, perché è questo il nome che le aveva dato la mamma, mentre Benedetta era quello che le avevano messo le suore.

Stiamo entrando negli anni venti, è appena finita la prima guerra mondiale e allora tutti i figli abbandonati di solito finivano in un convento e prendevano nomi come, Trovatello, Diodato, Donatella, Benedetta, eccetera.

La mamma era di origine francese e si chiamava Flores, parlava anche l'italiano e il tedesco, sapeva suonare il violino ed aveva fatto la crocerossina nell'esercito durante la prima guerra mondiale, in un ospedale da campo ai confini con la Francia. Lì aveva conosciuto e curato un giovane ufficiale italiano, Mattia, gravemente ferito ad una gamba che rischiava di perdere perché stava andando in cancrena.

In questi casi, soprattutto in tempo di guerra, i medici decidono di amputare per salvare la vita al paziente. Quanti se ne vedevano in giro senza una gamba o senza un braccio! Raramente cercavano di curare, anche perché i medicinali scarseggiavano, i malati erano tanti e il personale non era mai sufficiente per accudirli tutti.

Furono le preghiere di Flores che fecero presa sul medico capo, che evidentemente non era indifferente al suo fascino. Così la gamba non fu amputata e miracolosamente Mattia, in un paio di settimane di cure e con l'assistenza costante di Flores, uscì dal suo grave stato febbrile e guarì completamente, anche se per un lungo periodo dovette camminare con una stampella.

È appunto in questo frangente che Flores e Mattia si frequentano. Si innamorano e da questo amore viene concepita Benedetta.

Mattia venne messo in congedo definitivo, a Flores aveva detto che era una licenza e che presto sarebbe ritornato, ma tornò a Roma per sempre, da sua moglie e suo figlio nascituro, frutto di una breve licenza premio per meriti di guerra. Mattia infatti aveva dimostrato il suo valore, salvando otto dei dieci soldati caduti in una trappola mortale tesa dal nemico.

Fino a qui la storia è uguale ad altre migliaia prodotte dalla guerra, ma poi ognuna sarà diversa dall'altra, ognuna avrà un destino diverso.

Flores passò molto tempo a cercare il suo Mattia e quando lo trovò dovette accettare la dura realtà. Qualcuno le riferì che era sposato e che la moglie aspettava un bambino.

Decise di non incontrarlo e, portandosi dietro la disperazione e la delusione di un sogno infranto, tornò indietro, varcò la frontiera e si presentò a casa dei suoi genitori con un bel pancione.

La guerra era appena conclusa anche se la pace non si sapeva quando sarebbe cominciata, forse mai. La sua famiglia era nobile di origine: il padre portava un cognome importante nonché il titolo di barone. Era un generale in congedo, rigido, ancorato visceralmente alle vecchie tradizioni, per cui non avrebbe mai voluto o potuto accettare in casa una simile situazione, dato che l'onorabilità veniva prima di ogni altra cosa.

La ripudiò come figlia, nonostante le preghiere della moglie di trovare una soluzione diversa, di mettere da parte l'orgoglio e ascoltare il cuore.

Flores restò sola e disperata, perciò si rivolse all'unica amica che le era rimasta, Marianne, che la ospitò a casa sua. Dopo qualche giorno Leopoldo, il marito di Marianne, si rivolse a Flores e, con molto dispiacere, le disse: «Mia cara, Marianne mi ha raccontato tutta la tua storia e non puoi immaginare quanto ci dispiaccia. Tuttavia non possiamo rischiare di metterci contro la tua famiglia, abbiamo saputo che tuo padre ha pagato qualcuno per indagare su di te e presto scoprirà che sei qui da noi e non so come la prenderà. Dobbiamo pensare alla nostra famiglia, ai nostri due bambini, tu sai che tuo padre sarebbe capace di tutto." «Sì, lo so.» rispose lei. «Comunque –proseguì lui - mi è venuta un'idea. Visto che in Francia non puoi più restare perché troveresti tutte le porte chiuse, io posso darti l'indirizzo di una persona speciale che ho conosciuto tempo fa a Roma. È una ricca signora, vedova e sola, e sono sicuro che ti darebbe una mano molto volentieri. Del resto è in debito con me e finché non passa la burrasca ti potresti sistemare da lei. Facciamo così, io ora esco e vado a farle un telegramma, aspettiamo la risposta e poi ci daremo da fare, cosa ne dici?» «Penso che tu e Marianne siate delle persone speciali e che non dovreste preoccuparvi per me, avete già fatto molto, perciò domani me ne vado.» "Non capisci che siamo preoccupati per te e per la creatura che porti in grembo?" "Ti prego - aggiunse Marianne - accetta l'aiuto di mio marito! Dove vuoi andare? Non hai altri amici. Se non sbaglio tu parli bene l'italiano, vero?» «Sì, questo dovrebbe agevolarmi, lo so, ma...» «Ma cosa? Pensi al tuo Mattia, vero? Vorresti stare il più lontano possibile da lui, io ti capisco sai, vorresti evitare di incontrarlo. Ma Roma è grande, non è un piccolo paese dove ci si incontra tutti i giorni. Passerà questa delusione e ti dimenticherai di tutto. Sai cosa ti dico? Tu sarai capace di crearti una nuova vita, troverai un altro e ti innamorerai di nuovo. Sei bella, intelligente, una brava musicista, giovane e nobile e vedrai che anche tuo padre, prima o poi, se ne farà una ragione e ti verrà a cercare. Sei figlia unica e porti in grembo l'unico suo erede e poi c'è tua madre che farà di tutto per farti tornare a casa. Povera donna, chissà come starà soffrendo!

Cambiando discorso, l'ultima volta che mi hai scritto mi hai detto che non suoni più da molto tempo, come mai?» «Cara Marianne, la guerra ti fa passare la voglia di tutto e poi... con quello che hanno visto i miei occhi, credo che ci vorrà un bel po' di tempo prima di ricominciare. Ora ci sono molte cose più importanti a cui pensare. A questo punto credo che accetterò l'aiuto di tuo marito, lo faccio per questa creatura.» «Brava, vedrai che tutto andrà bene!»

La risposta arrivò dopo qualche giorno: "caro Leopoldo, sono ben felice di esserti utile e lo sarò ancora di più quando potrò abbracciarti ancora una volta. Nel prossimo telegramma indicami il giorno dell'arrivo, così che io possa andare ad accogliere la tua amica personalmente. Un abbraccio, tua Matilde."

IV. FLORES A ROMA

Flores si imbarcò a Marsiglia per sbarcare ad Ostia. Quando scese dalla nave fu accolta dalla signora con tanto affetto, come una figlia; anche lei era rimasta sola, aveva perso il figlio due anni prima al fronte e il marito, dopo poco tempo, ebbe un attacco di cuore; le erano rimasti il nipote e la nuora, che andavano a trovarla di rado. Chi l'accompagnava era un tuttofare che teneva i conti della famiglia e sbrigava tutte le faccende di casa, comprese quelle della cucina: era un tipo burbero, rozzo e senza buone maniere, ma la signora non l'aveva ancora licenziato per non fare torto al nipote che glielo aveva raccomandato. Era anche presuntuoso, a volte si comportava come se fosse il padrone di casa.

Forse anche per questo Flores era la benvenuta in quella casa e ben presto diventò la beniamina di Matilde e col tempo fu trattata come una figlia. Il nipote diventava sempre più geloso di Flores e, appena ne aveva l'occasione, approfittando della sua posizione, faceva delle *avance*, il don Giovanni!

Fu sempre rifiutato da Flores e una volta fu sorpreso dalla nonna mentre voleva metterle le mani addosso: da quel momento la nonna infuriata e delusa gli proibì di mettere piede in casa sua. Era un giovane molto viziato, abituato ad avere tutto, i soldi non gli bastavano mai e aveva contratto dei debiti al tavolo da gioco. Quando non poté più tenere fede ai suoi impegni e le minacce dei creditori si fecero sempre più insistenti e pericolose, messo con le spalle al muro, dapprima cercò di avere un prestito dalla nonna, la quale però ne aveva fin sopra i capelli e rifiutò, anche perché un giorno aveva giurato che quel giovane, per il suo bene, non andava più viziato.

Detto fra noi, se quel ragazzo avesse spiegato i pericoli che stava correndo, molto probabilmente li avrebbe avuti i soldi dalla nonna che, sebbene fosse severa, in fondo aveva un gran cuore.

Invece si mise in combutta con il "tuttofare", con il quale entrò subito in sintonia, e studiarono un piano per derubare la nonna.

Ora facciamo un passo indietro per parlare ancora un po'

di Flores. Un giorno Matilde la pregò di accompagnarla a fare un giretto nel quartiere dove facevano spesso delle lunghe passeggiate. Ad un certo punto Flores si fermò davanti ad una vetrina di strumenti musicali e lì rimase incantata e malinconica. La signora le domandò incuriosita: "Flores, figlia mia, hai visto un fantasma o qualcuno che conosci?" "Sì, bè non è proprio qualcuno ma qualcosa.» «E che cosa? Dimmi!» «Quel violino, è così bello! Chissà quanto costerà!» «Basta entrare e chiedere - disse la signora - entriamo!» Così Flores chiese al bottegaio se poteva guardare ed eventualmente provare quel violino. «Certamente - rispose il negoziante e aggiunse - siamo qui apposta!» Flores prese lo strumento in mano con una certa delicatezza, aveva capito subito che era di ottima fattura, le si illuminò il viso e con una maestria mai vista lo accordò in un batter d'occhio, solo quello bastava per lasciare a bocca aperta il negoziante. Lo mise sotto il mento e appoggiò l'archetto sopra le corde, ne uscì subito una melodia che strappava il cuore, dietro la vetrata si formò una folla di gente attirata da quell'incanto. Il negoziante rimase senza parole e sembrava non fiatare per non disturbare e la signora Matilde si voltò di spalle per nascondere le sue lacrime. Il negozio e la strada si riempirono di una tale commozione che solo dopo qualche minuto che Flores aveva finito di suonare, scaturì un applauso degno della Scala di Milano. Una volta usciti dal negozio con il violino in mano la gente chiese: «Dove suona signora, ce lo dica perché vogliamo venire a sentirla» «È ancora troppo presto - rispose lei e aggiunse - non vedete?» toccandosi il pancione. Da quel giorno la signora Matilde e, dal ventre materno, Viola si deliziarono del suono del violino. Dopo un po', Flores, con l'aiuto della signora, dell'amica della porta accanto e della levatrice diede alla luce Viola.

V. FLORES IN CARCERE

Finché... Ecco il piano dei due malviventi che entra in atto. Il «tuttofare» avrebbe dovuto sottrarre alla signora Matilde la chiave della cassaforte, di cui il nipote conosceva il contenuto. Siccome la chiave la teneva sempre al collo, avrebbe dovuto essere addormentata con il sonnifero dal «tuttofare» mentre Flores, per togliersela di torno, con un inganno sarebbe stata mandata alla posta per ritirare una raccomandata.

Ma il piano non funzionò come avrebbe dovuto: il signor «tuttofare» aveva esagerato con il sonnifero e la signora Matilde non si svegliò mai più da quella dose. I due, quando si accorsero che la nonna era morta, aprirono la cassaforte e prelevarono tutto: soldi, gioielli e titoli. Poi misero parte della refurtiva sotto il materasso dove dormiva Flores, il signor «tuttofare» andò a fare la spesa per crearsi un alibi e il nipote non risultò mai essere stato in quella casa.

Quando Flores tornò dalla posta e vide la signora sul divano, pensò che stesse dormendo, ma la cosa le sembrò molto strana perché c'era la piccola Viola nella culla vicino a lei che piangeva. Quindi non stava dormendo, ma stava male. Flores andò in strada e nei negozi chiedendo di un medico finché un signore disse: «Io sono un medico!» «Venga la prego, c'è mia madre priva di conoscenza.» Quando il medico arrivò sul posto, gli bastò un'occhiata per decretarne la morte.

Flores prima che fosse avvertita la polizia consegnò la bimba alla vicina di casa.

La polizia intervenne sul posto, dapprima si parlò di morte naturale, ma poi un poliziotto notò una scatola di sonniferi sul tavolo della sala e disse al collega: «Guarda qui! Dei sonniferi! Ti sembra che a quest'ora una signora prenda dei sonniferi per dormire?» «Effettivamente c'è qualcosa di strano - aggiunse il collega - Vogliamo dare un'occhiatina in giro?» Così scoprirono la refurtiva sotto il materasso e da qui partì l'inferno per Flores che, dopo aver subito un lungo interrogatorio, fu pregata di seguire i poliziotti in questura.

«È una formalità!» le fu detto. Noi avremmo anche detto: «Ti pare che una che commette un omicidio tenga l'arma del delitto così in vista e metta la refurtiva sotto il materasso dove dorme?» Il poliziotto illuminato ci avrebbe risposto che l'assassina non aveva avuto il tempo di fare diversamente. Flores, prima di andare in questura, bussò alla porta della vicina pregandola di prendersi cura della bimba se le fosse accaduto qualcosa, come se avesse presagito ciò che sarebbe accaduto. Infatti fu immediatamente arrestata e da allora una lunga serie di imperizie dei poliziotti che seguirono le indagini, a senso unico peraltro, la portarono al processo e alla condanna sia di primo che di secondo grado.

I due veri colpevoli durante le indagini si erano coperti a vicenda e, quando i flebili sospetti su di loro caddero, il signor «tuttofare» sparì dalla circolazione con metà bottino e il caro nipotino, che si era dedicato a tempo pieno a fabbricare altre prove contro Flores, rimase a godersi il frutto del delitto.

Ora, come avete letto, un'innocente finisce in galera, ovviamente seguiranno dolore e sofferenze di ogni genere.

Ma siccome io non intendo scrivere un racconto poliziesco, bensì una storia d'amore e di dolore, mi fermo qui senza rischiare di perdermi nei meandri del processo, saltando i particolari sulle indagini che farebbero rabbrividire anche un novellino nel campo investigativo.

Perciò da qui in poi, quando farò cenno alla questione, sarò molto superficiale.

Maria, la signora della porta accanto, mantenne la parola. Qualcosa le diceva che Flores non avrebbe mai potuto fare del male alla signora, la conosceva troppo bene.

Non fece parola con nessuno della bambina: sapeva che se fosse stata affidata ai servizi sociali la mamma non l'avrebbe rivista mai più. Perciò la portò in quel convento e non ne fece mai parola con nessuno, tranne che con Flores quando andò a trovarla in carcere per la prima volta. In quell'occasione le confessò che aveva avuto paura che la polizia scoprisse qualcosa sulla bimba e perciò l'aveva portata in quel convento, altrimenti se ne sarebbe presa cura lei con piacere e con amore. Anche Flores pensò che quella fosse la soluzione migliore.

La notizia dell'arresto e della condanna suscitò grande interesse mediatico, fu dedicata tanta attenzione anche per il cognome nobile che Flores portava. Il fatto fece molto scalpore e col passare delle settimane diventò anche un caso diplomatico: il padre di Flores ormai era dentro la faccenda con tutte le scarpe, perciò si attivò con tutti i mezzi possibili e immaginabili. Per prima cosa sollecitò sia il consolato che l'ambasciata, affinché si adoperassero per far riaprire il caso. Arrivò ad accusare i giudici e gli inquirenti apertamente di superficialità e in effetti noi che conosciamo i fatti possiamo aggiungere anche di stupidità. Assunse i migliori avvocati della capitale, ma per molto tempo di riaprire il processo non se ne parlava poiché nessun nuovo elemento era saltato fuori.

Intanto Flores in quella situazione di ingiustizia e delusione cadde in depressione. Per fortuna in carcere aveva l'amicizia di Rosa, una prostituta che aveva ucciso il suo protettore, ma non posso raccontarvi tutta la storia di Rosa e Flores, servirebbero altri dieci capitoli. Posso solo dirvi che la loro amicizia era grande, capace di sostenere entrambe in un ambiente dove le atrocità sono, a maggior ragione lo erano molti anni fa, all'ordine del giorno e che una volta uscita dal carcere Flores si occupò anche di Rosa.

Flores riceveva visite da tutti coloro che ancora credevano nella sua innocenza, compresi i genitori, che continuarono a lottare strenuamente e che non avevano mai smesso di cercare la bambina. Flores aveva detto loro dove cercarla, ma le suore non vollero mai dire la verità.

Sia Flores sia il suo avvocato continuarono a lottare senza mai arrendersi. La donna era sostenuta dal pensiero che un giorno avrebbe abbracciato la figlia e l'avvocato dall'amore per Flores, che cresceva e cresceva sempre di più.

Continuò a cercare senza sosta una pista che lo portasse fino al signor «tuttofare", visto che le indagini sul nipote della vittima non avevano portato a nulla. Finché un giorno, mentre era seduto in un caffè, si avvicinò un signore di mezza età e domandò: «Lei è l'avvocato Grimaldi?» «Sì, in che posso esserle utile?» «Veramente sono io che potrei essere utile a lei.» «In che modo, scusi?» «Possiamo parlarne in un luogo appartato?» "Va bene, nel mio studio fra mezz'ora, ecco l'indirizzo.» "Lo so dov'è il suo studio, a dopo.»

Puntualmente i due si videro nello studio e all'avvocato fu consegnato, su un pezzetto di carta, l'indirizzo che cercava da anni. «Come l'ha avuto?» «Non è importante, avvocà!» So che è in questa clinica di Parigi da un mese e credo che ci starà ancora per molto visto come è conciato» «Che cosa ha?» «È rimasto paralizzato a seguito di un incidente e non si sa se si riprenderà.» L'avvocato prima comunicò la notizia a Flores, che cominciò a intravvedere un barlume di speranza, e poi si recò a Parigi.

VI. L'ASSOLUZIONE

Dopo ripetute visite al signor «Tuttofare» andate a vuoto, nel senso che non ottenne nessuna confessione, l'avvocato si rese conto che fare appello solo alla sua coscienza sarebbe stato veramente inutile. Perciò tentò un'altra via, quella del denaro. Gli offrì una grossa somma e così ottenne le prime rivelazioni. Ben consapevole di non rischiare la galera, visto lo stato in cui si trovava, incolpò il socio e fece il nome del ricettatore dei gioielli.

Questo fu più che sufficiente per riaprire il processo e Flores, finalmente, fu riconosciuta innocente e i veri colpevoli assicurati alla giustizia.

Fu aperta anche un'inchiesta sugli inquirenti, che alla fine furono trasferiti in un paesino sperduto della Sardegna.

Finalmente per Flores si aprirono le porte del carcere, l'incubo era finito. C'era l'avvocato ad aspettarla «Non ci sono notizie di mia figlia?» Fu la prima cosa che domandò. «Non ti scoraggiare, vedrai che la troveremo.» «Ma come è possibile, sembra sparita nel nulla! Dobbiamo andare dalle suore di nuovo, sono l'unica speranza, forse davanti a una madre disperata parleranno.» «Non farti illusioni sulle suore, ti prego!» «Proviamoci lo stesso, vale la pena.» «Va bene, facciamo come dici tu.»

Si infilarono in macchina e andarono dritti dalle suore. Tempo perso, ovviamente, perché furono, ancora una volta, irremovibili.

Arrivò per Flores un momento di grande sconforto, di cedimento. Erano trascorsi altri quattro anni durante i quali aveva mosso mari e monti, fra l'altro andava e veniva da Parigi poiché il padre si era ammalato di cuore. Questa volta non era sola a combattere, c'erano i genitori, specialmente il padre che spese una fortuna in investigatori privati i quali arrivavano ad un passo dalla conclusione e poi... niente, le tracce si perdevano. Le era vicina la sua amica Marianne con la sua famiglia, la sua amica della porta accanto, Maria, e naturalmente il suo avvocato che non aveva smesso mai di sostenerla.

Tutto questo affetto ed amore servì ad aiutarla ad affrontare la vita con forza e tenacia e a continuare a cercare ciò che era la sua principale ragione di vita. In questo periodo maturò l'idea di coinvolgere anche Mattia, dopotutto era il padre. Così prese il coraggio a due mani e fece quello che non aveva fatto tanti anni prima e bussò alla sua porta. Le aprì una signora e lei domandò: «C'è Mattia?» «E lei chi è?» «Sono un'amica» «Lascia, tesoro, - con gli occhi increduli e una voce che non era la sua - è una mia vecchia amica, sai... quella infermiera di cui ti ho parlato, quella che mi ha salvato la gamba.» «Perché non la fai accomodare? Avrete tante cose da raccontarvi.» «No, facciamo due passi.»

Andarono fuori e Mattia: «Dopo tanti anni, ti confesso che non mi sarei aspettato mai una tua visita, ma sono contento di vederti. Ho saputo della tua odissea e devo dirti che all'inizio stentavo a credere alla tua colpevolezza, ma poi... sì, poi anch'io ho creduto che fossi veramente colpevole, sai... i giornali, le prove tutte contro di te. Insomma vorrei dirti che sono stato stupido, più stupido degli altri, io non ho scusanti, me ne vergogno, mi sento un verme, se potessi tornare indietro! Che cosa posso fare ora per te? dimmelo!» "Ormai... per me non puoi fare più niente, ma per nostra figlia sì, forse.» «Come per nostra figlia! Di quale figlia stai parlando?» «Di quella che portavo nel grembo quando te ne sei andato.» E Mattia, come se fosse lui la vittima della situazione, con un tono un po' irato: «Ma come? Dopo quattordici lunghi anni devo venire a sapere che ho una figlia! Perché ora?» «Hai forse dimenticato che fosti tu ad andar via con la promessa di ritornare dopo una breve licenza? E comunque io ti cercai, cosa che non facesti tu. Avessi almeno scritto una lettera! Quando seppi che eri sposato con un figlio in arrivo che cos'altro potevo fare? Non ho voluto turbare la tua serenità, né quella della tua famiglia e ti assicuro che non sarei venuta da te neanche adesso se non fosse perché...» «Perché? Dimmi!»

A questo punto Flores gli racconta tutto la storia che riguarda la loro figlia. «Flores, dimmi tutto quello che posso fare e io lo farò per trovare... - esitò per un po' - la nostra bambina.» «La nostra bambina, caro Mattia, oggi è una ragazza di quattordici anni.» «Flores, sappi che non è stato facile neanche per me: io ti amavo veramente, credimi, ma avevo già una famiglia. Nonostante tutto non ti ho mai dimenticata, mai! Anche quando ti credevo colpevole di quel delitto atroce.» «Ah, sì, dove era finito il tuo amore quando io ero in carcere disperata, non potevi venire a trovarmi? per sentire la mia verità quantomeno.» «Io ti giuro che ci ho pensato notte e giorno, non so perché non sono riuscito a trovare il coraggio, forse... ho pensato che non mi avresti più voluto vedere e avresti avuto tutte le ragioni di questo mondo.»

Mentre si parlavano accadde una cosa straordinaria, fuori da ogni immaginazione. Incrociano due ragazzi, mano nella mano, e il ragazzo saluta: "Ciao, papà!» «Buongiorno signor Mattia» «Ciao Carlo, ciao Benedetta! Se andate su, dite alla mamma che sto tornando.»

In quel preciso momento Flores si sentì venire meno, le mancarono le forze e sbiancò in viso. Mattia fece appena in tempo a sorreggerla con le braccia. «Che cos'hai Flores?» «No, non è niente, è solo un capogiro, mi viene ogni tanto.» Che cosa aveva visto Flores? Un violino di legno appeso al collo di Benedetta. Non poteva essere una coincidenza, era il collare che aveva appeso al suo collo il giorno della nascita e che lei, a sua volta, aveva portato al collo per molti anni. Era il regalo che le aveva fatto la sua migliore amica alla fine del suo primo concerto, lo aveva fatto intagliare apposta per quella occasione, quindi era veramente unico, particolare. No, non poteva essere una coincidenza! Se lo ripeteva all'infinito e poi quella sensazione che avvertiva e quegli occhi, come i suoi, inconfondibili, blu come il mare, che sono molto rari. Anche se il collare fosse stato un regalo, gli occhi però... chi glieli aveva regalati? Furono momenti di tale intensità che faceva fatica a tornare in sé. Quando lo fece domandò a Mattia se quella era la ragazza del figlio. «Certo. - le rispose Mattia - Si conoscono sin dalle elementari.»

Salutò in fretta e furia Mattia e se ne andò di corsa: doveva stare da sola per riflettere, raccontare tutto all'avvocato e alla sua amica. Quella ragazza era sua figlia ed era fidanzata con il proprio fratello, era una cosa da impedire a tutti i costi. Questo era il pensiero predominante, ma prima bisognava essere sicuri che Benedetta fosse veramente la figlia cercata per molto tempo. Perciò, per prima cosa, bisognava scoprire dove abitava, cercare un incontro casuale con lei per poterci parlare. Quando Flores uscì dal carcere, dopo essere stati dalle suore, si era fatta accompagnare dalla nuora della signora Matilde, la mamma del giovanotto viziato, con la quale durante l'ultimo processo aveva avuto uno scambio epistolare. A dire il vero anche anni prima era andata a trovarla in carcere e in quel colloquio fece capire a Flores che la riteneva innocente. Le disse anche che si era convinta che il figlio fosse in qualche modo responsabile della morte della nonna e che era arrivata a questa conclusione osservandone gli atteggiamenti a riguardo di tutta la storia e soprattutto dal suo tenore di vita troppo alto e ingiustificabile dopo la morte della suocera.

Le disse anche che, sebbene non avesse delle prove, sarebbe stata disponibile a testimoniare anche contro il proprio figlio, e così fu durante il processo, e che quando sarebbe uscita avrebbe potuto contare sul suo aiuto e che certamente avrebbe potuto usare l'appartamento della suocera.

Come dicevo si era fatta accompagnare da lei per poter ritirare le sue cose, tra le quali vi era il violino: prezioso in ogni senso.

La signora l'abbracciò e le chiese perdono per tutto il male che le aveva causato il figlio, le consegnò le chiavi dell'appartamento e le disse che poteva abitarlo fin quando le faceva comodo e che l'aveva tenuto vuoto apposta per lei. Flores era ricca di famiglia e non aveva difficoltà economiche, ma accettò l'offerta, sia perché quella casa era piena di bei ricordi sia perché lei doveva restare a Roma, almeno fino a quando non avesse risolto tutti i misteri che avvolgevano la sua vita.

Andò ad abitare in quella casa dove poteva bussare alla porta accanto e trovare un'amica cara, che si era presa cura della figlia. Infatti la prima cosa che fece fu di bussare a quella porta. Non immaginate la gioia e le lacrime con cui fu accolta, si sedettero sul divano e parlarono per ore ed ore, ripercorrendo tutti gli avvenimenti del passato. Decisero insieme che la cosa migliore da fare fosse di incontrare Mattia e metterlo al corrente di tutto.

Il giorno dopo andarono sotto la sua abitazione e lo aspettarono. Quando gli raccontarono tutto, si rifiutò di credere, anzi disse che era tutto frutto della fantasia di una donna disperata. Ma quando Maria confermò, cominciò a pensare che la cosa non fosse del tutto infondata e decisero in tre di recarsi davanti alla casa di Benedetta per fingere appunto un incontro casuale. Mattia conosceva un po' le abitudini di Benedetta e sapeva che ad un certo orario si recava a casa sua per studiare con Carlo. Infatti, eccola che esce dal portone e, dieci metri più in là: «Buongiorno signor Mattia, cosa fa da queste parti?» «Passavo per caso, stiamo andando a prendere un caffè con queste mie colleghe, vuoi unirti a noi? Carlo può aspettare dieci minuti in più, vero?» "Sono d'accordo signor Mattia!»

Giunti al bar, si sedettero e Mattia fece le presentazioni. Poi, conoscendo la passione di Benedetta per il violino, disse: «Sai Benedetta, questa mia amica è un'insegnante di violino nonché una brava concertista.» «Mamma mia, che coincidenza! Proprio l'altro giorno papà mi ha promesso che se sarò promossa mi troverà un'insegnante di violino»

Flores è troppo emozionata per partecipare alla chiacchierata, ma con la voce un po' tremante interviene: «Senti, se vuoi puoi venire a farmi visita a casa uno di questi giorni –e le consegna un biglietto con l'indirizzo - che ne dici?» «Dico che sarebbe bellissimo e che non vedo l'ora. Ora devo andare perché Carlo mi sta aspettando per studiare. Signora, domani pomeriggio verrò a bussare alla sua porta. A che ora posso venire?» «Quando vuoi, mia cara." «Arrivederci!» «Arrivederci!»

Mentre stava andando l'amica di Flores la chiamò: «Benedetta, scusami, non ho potuto fare a meno di notare questo strano e bellissimo ciondolo che porti al collo, dove l'hai comprato? Ne vorrei comprare uno anch'io.» «Ah... non lo so, è un regalo di mia madre, insomma l'ho sempre avuto al collo.» «Arrivederci di nuovo!»

I tre rimasero in silenzio a guardarsi per un po'. «Mattia, ti ricordi il mio ciondolo, vero? L'hai riconosciuto?» «Sì, ma non potrebbe essere una coincidenza?» «E anche i suoi occhi sono una coincidenza? E la somiglianza con me? E l'età? Anche quella è una coincidenza? E come fai a non notare che ha lo stesso naso e la stessa bocca di tuo figlio? Io quando li ho visti insieme non ho potuto fare a meno di notare che si somigliano.»

L'amica non fece altro che confermare tutto, rassicurando Mattia sulla santa veridicità di quei fatti. Egli intanto si stava strofinando la fronte, come se stesse cercando nella sua memoria qualcosa che fino ad allora gli era sfuggito. «Oh Santo Dio! Se avevo dei dubbi ora veramente non ne ho più!» «Che cosa c'è Mattia, a cosa stai pensando?» «Sto pensando alla voglia di cioccolato che Benedetta ha sulla spalla destra, l'avevo vista una domenica che eravamo stati al mare, è identica alla tua, allo stesso posto. La tua, se ricordo bene, è sulla spalla destra ed è rotonda vero?» "Sì, è così!"

Questa notizia portò sul viso di Flores un po' di gioia, non tanto perché confermava che Benedetta era sicuramente Viola, per lei non c'erano stati più dubbi dopo il primo incontro, ma per il fatto che dopo quattordici anni un uomo si ricordasse di un simile particolare. Per Flores voleva dire che quell'uomo l'aveva amata veramente e forse, da come la guardava in certi momenti, l'amava ancora.

«E ora che cosa c'è?» «Sto pensando a mia moglie, non so proprio come affrontare questa situazione con lei, come la prenderà?» «Mattia, arriva un certo momento che non si può sfuggire alle proprie responsabilità e al proprio passato, perciò non importa come, ma l'importante è che ne sia subito informata.»

Così gli disse, con tutta la saggezza di questo mondo, Maria, l'amica di Flores. Non sapevano più come muoversi, quale sarebbe stata la prossima mossa? L'avvocato consigliò Flores di essere cauta e di avere pazienza, di aspettare ancora un po'. Del resto aveva atteso così tanto che un po' di tempo in più non avrebbe fatto differenza. E invece no, non era così!, pensava Flores. La differenza c'era: i due ragazzi erano fidanzati e bisognava impedire che accadesse il peggio, se non era già accaduto: scoprire di essere fratelli dopo essersi amati da sempre è sicuramente una tragedia, specialmente per due adolescenti, ma scoprirlo dopo aver fatto l'amore, non è peggio ancora? Questo era il pensiero che preoccupava ora Flores. Tuttavia accettò il consiglio dell'avvocato: essere cauta e dare tempo al tempo. Convinse anche Mattia di questa idea.

Il giorno dopo l'incontro casuale, Benedetta si recò a casa di Flores. Credo che immaginiate da soli l'emozione, le attese, i pensieri di Flores, che non se la sentì di essere da sola in quell'incontro. Perciò bussò una volta ancora alla porta accanto «Sta salendo, ti prego, non lasciarmi da sola!» «Non ti preoccupare, metto qualcosa addosso e sono da te." «Salve Benedetta, - sulla soglia della porta - vedo che sei una ragazza di parola!» «Glielo avevo detto che non vedevo l'ora.» «Vieni, entra pure, accomodati! Stavo preparando del tè, ne vuoi anche tu una tazza?» "Sì, grazie, mi piace il tè.» «Mentre finisco di prepararlo, se vuoi puoi leggere, lì ci sono dei libri e delle riviste, oppure puoi farmi sentire qualcosa al violino, se ti va. È lì nell'angolo, puoi tirarlo fuori dalla custodia. Ho appena sfornato dei biscotti, ne vuoi assaggiare uno?» «Io adoro i biscotti fatti in casa! Mia mamma li fa spesso.» "Allora abbiamo due cose in comune, la passione per il violino e quella per i biscotti fatti in casa, chissà cosa scopriremo ancora!» «Io - disse Benedetta- ho già scoperto un'altra cosa.» «Sì? E che cosa? Sentiamo!» «Abbiamo tutte e due gli occhi blu" le disse compiaciuta. «È vero, l'avevo notato anch'io la prima volta che ti ho vista» «Quando? Al bar?» «No, vicino a casa di Mattia mentre stavamo parlando, tu eri mano nella mano con Carlo, non ti ricordi?» "Sì, è vero, ora ricordo. Allora, signora Flores, posso davvero vedere il violino? Non le dispiace?» «Certo che no, anzi sarei contenta se suonassi qualche pezzettino mentre io tiro fuori dal forno i biscotti.» Viola, anzi, Benedetta tirò fuori dalla custodia il violino e si mise a suonare un pezzo di Paganini, mentre in cucina c'era una donna che non riusciva a trattenere le lacrime per l'intensità di quel momento. «Come sono andata?» «Benissimo figlia mia!» Non era la solita espressione di una signora che si rivolge ad una qualsiasi ragazzina, mentre asciugava alla meglio un fiume di lacrime. Intanto qualcuno bussò alla porta, «Benedetta, puoi aprire tu per favore?» «Sì, vado io.» Sarebbe andata lei, ma voleva che quel violino smettesse di suonare, l'emozione era troppo forte. Era l'amica Maria, quella della porta accanto, «Entra Maria, - con una voce ancora spezzata dall'emozione, mentre portava su un vassoio biscotti e tè sul tavolo del salotto, - venite a sedervi e ditemi come sono venuti questi biscotti. Ho seguito la ricetta della mia tata, così la chiamate voi, vero?» «Perché, lei non è italiana? Domandò Benedetta.» «No, sono francese, mia cara.» «Parla così bene che nessuno se ne accorgerebbe, dove ha imparato?» «Ho studiato musica a Milano per tanti anni.» «Anche io ho studiato violino per tre anni.» «E poi? Ti sei fermata?» «Sì, perché mio padre mi ha fatto smettere, dicendomi che prima bisogna pensare al diploma e poi alla musica. Ma io, in realtà, non ho mai smesso, anche senza il maestro che mi aveva seguito. Ho continuato a comprare degli spartiti sempre più difficili e ho continuato a suonare nelle ore in cui mio padre lavora nel suo studio, con la complicità della mamma naturalmente. Signora Flores, suoni un pezzo anche lei, muoio dalla voglia di sentirla suonare.» Flores incontrò lo sguardo di Maria che annuiva. «Va bene, suonerò per voi un pezzo famoso! O avete qualche richiesta particolare?» Lo disse con uno spirito e un'allegria ritrovata, glielo si leggeva in viso, e Maria, che non la vedeva così da tempo, ne fu felice. "Mia cara, sappiamo che qualsiasi cosa tu suonerai ci strapperai le lacrime comunque.»

Cominciò quella melodia che Viola aveva ascoltato quando era nella sua pancia e ora era lì, quasi donna, che può manifestare tutta la sua emozione. Riconosce quelle note, le ha portate sempre dentro di sé e si poteva leggere in tutte e due, madre e figlia, nei loro occhi blu, quella magia divina che rende indissolubile quel legame forte, più forte di quello tra le acque del fiume e il letto che le abbraccia, tra l'albero e le radici che lo nutrono, tra la rosa e il suo profumo.

In quei dieci minuti Benedetta avrà avuto tanti pensieri, ma sicuramente uno: vorrei essere come lei. Lei era come lei, non poteva saperlo, ma lei era come lei. L'avrebbero confermato tutte le persone che avevano conosciuto Flores adolescente: i suoi genitori, la sua tata, le amiche, soprattutto Marianne e anche Mattia, che l'aveva amata tanto e che forse l'amava ancora.

A proposito di Paganini, citato tante volte non a caso, ognuno di noi ha dentro di sé le proprie note, quelle che sanno accenderti più delle altre quando le riascolti, che sanno rendere sublimi alcuni momenti della vita. Quelle di Viola forse non potevano essere altre.

Dunque, Benedetta cominciò a frequentare quella casa assiduamente, appena poteva andava da Flores che, all'insaputa dei suoi genitori, era diventata la sua nuova insegnante di violino e la sua amica del cuore. Sì, proprio così, amica del cuore visto che con lei si confidava fino in fondo.

Un giorno, mentre Flores era in cucina, Benedetta si mise a sfogliare una rivista e in mezzo alle pagine trovò dei ritagli di giornali: erano le prime pagine dei giornali dedicate alla sua condanna e alla sua scarcerazione. Questa cosa la lasciò molto turbata. Flores naturalmente non ne aveva fatto cenno, non era ancora giunto il momento.

Quel giorno il volto di Benedetta cambiò espressione, Flores le domandò se stava bene e lei rispose che aveva un leggero mal di testa e per questo sarebbe tornata subito a casa. Si era presi i ritagli.

Rimase sconvolta da quelle pagine, non riuscì a prendere sonno quella notte e pensò continuamente a come avrebbe dovuto affrontare l'argomento con Flores e se avrebbe avuto il coraggio di chiederle di parlare con lei di un momento così difficile della sua vita.

Benedetta aveva verso Flores un grande affetto e una stima illimitata, anzi, la parola giusta credo che fosse «adorazione». A tutto questo ora si era aggiunta la grande compassione per una donna che aveva sofferto tanto ingiustamente.

Il giorno dopo tornò da Flores, determinata a rivelarle che aveva visto quei ritagli di giornale per caso e che li aveva portati a casa per leggerli e che se ne doveva scusare.

Ma quel giorno non trovò Flores, fu Maria che l'accolse sul pianerottolo e la invitò ad entrare in casa sua. «Siediti, Benedetta! Devo dirti una cosa: Flores è dovuta partire d'urgenza per la Francia, poiché suo padre sta molto male; ma tornerà appena possibile.» Tra un argomento e l'altro Benedetta trovò il coraggio di confessare a Maria di quelle pagine.

Senza chiedere nulla, Maria cominciò allora un lungo racconto che racchiudeva la vita di Flores. «Ma ancora non ha avuto nessuna notizia di sua figlia?» «A quanto pare qualcosa è venuta a sapere: sa per esempio che sua figlia Viola, questo è il suo nome, è stata adottata da una giovane coppia che vive qui a Roma ed è per questo che Flores è qui."

Benedetta coglie l'occasione per fare tutte le domande per completare quel romanzo così affascinante e che le stava molto a cuore. «Quel giovane capitano l'ha più rivisto? Come si chiamava?» «Non so come si chiamasse, ma so che lo ha incontrato qualche settimana fa.» «Ora le domande le faccio io! - disse Maria sorridendo - L'altro pomeriggio ti ho vista insieme ad una suora, hai deciso di entrare in convento?» «Ma no! - rispose sorridendo - quella è mia zia Clelia, viene spesso a trovarci, è la sorella di papà." «Parlami un po' della tua famiglia, ti va?» "Allora... vediamo... sono figlia unica, mio padre si chiama Francesco e fa l'avvocato, mia madre Rosa ed è un'insegnante, mia nonna paterna è morta, mio nonno paterno si chiama Aurelio ed è un famoso e ricco notaio; i miei nonni materni vivono in Sicilia e andiamo spesso a trovarli durante le vacanze estive.» Mentre Benedetta continuava a raccontare della sua famiglia, nella mente di Maria correvano tanti pensieri: come era cresciuta quella bimba che aveva tenuto fra le sue braccia tanti anni prima! Ora era lì davanti a lei e discorrevano come due donne; era sensibile ed estroversa, gioiosa ed altruista, proprio come sua madre! Certo che l'aggettivo «gioiosa" non si poteva accostare a Flores in quei momenti, ma sapeva che lo era per temperamento e, a tratti, nonostante le sofferenze inflitte dalla vita, lo dimostrava in tante circostanze, soprattutto quando era vicina a Benedetta.

«E col tuo ragazzo come va?» «A meraviglia! Carlo mi vuole molto bene.» «Ti vuole molto bene o ti ama?» «Questo non me lo ha mai detto, ma penso di sì, come del resto anch'io.» «E con la musica cosa pensi di fare?» «Quello è il sogno della mia vita. A proposito, ho deciso di presentare Flores ai miei genitori e farla diventare la mia insegnante ufficiale di musica, sempre che lei lo voglia.» «Penso proprio che non potrebbe dirti di no, e come potrebbe!»
Quest'ultima espressione lasciò Benedetta sospesa nel dubbio: cosa voleva dire Maria? E questa domanda, da quel momento, si insinuò nella sua mente e non si allon-

tanò mai da lei.

Intanto oltre le Alpi c'era una donna seduta accanto ad un letto d'ospedale a vegliare suo padre. Il suo cuore, in tutti quegli anni, non aveva retto al peso dell'angoscia e del rimorso per il male che aveva inflitto alla sua unica figlia con la decisione di allontanarla da casa, a causa di quel maledetto orgoglio e del suo egoismo. Passò gli ultimi suoi tre giorni a ripetere a Flores e a sua moglie la parola 'perdono'.

In quella che sarebbe stata l'ultima sua ora Flores gli disse: «Papà, se tu mi prometti di guarire io ti porterò qui la tua nipotina, l'ho trovata sai, ecco una sua foto! Guarda come ti somiglia! Non è potuta venire perché sta finendo l'anno scolastico, prima di partire mi ha detto di darti tanti baci e mi ha anche detto che non vede l'ora di conoscerti.» "Avvicinati figlia mia!" E con l'ultimo filo di voce concessogli dalla vita sussurrò al suo orecchio: «Ora che ho avuto il tuo perdono e sapendoti felice posso andarmene tranquillo.» E spirò.

Nei giorni che seguirono, dopo un funerale pomposo, Flores si preparò per la partenza insieme alla mamma Ines, alla quale, durante il viaggio, spiegò come stavano veramente le cose.

Durante il funerale aveva incontrato tanti vecchi amici, Marianne e la sua famiglia naturalmente, il direttore d'orchestra del più famoso teatro di Francia, che le aveva chiesto di tornare nella sua orchestra e le aveva detto che lei era insostituibile e che sarebbe stata il primo violino nella *tournée* che da lì a poco avrebbero fatto in giro per tutta Europa.

Le piangeva il cuore mentre spiegava al suo amico la vera ragione per cui non avrebbe potuto accettare, non era arrivato ancora il momento, anche se quella era chiaramente la missione della sua vita.

Durante il viaggio in treno ebbe modo di ripercorrere la sua storia e di pensare a tutte le persone coinvolte, soprattutto a Mattia, che negli ultimi incontri le aveva fatto capire che l'amava ancora e che stava con sua moglie solo per tenere unita la famiglia, al suo avvocato che le aveva dato tutto l'amore possibile per quattordici lunghi anni senza nulla chiedere in cambio: è una grande responsabilità essere amati! Scese dal treno ben determina a mettere la parola fine a tutte le storie del passato rimaste aperte, sì, era giunto il momento di chiudere col passato e ricominciare.

VII. LA VERITÀ

Tutti dovevano sapere tutto. Maria avrebbe dovuto informare suor Clelia sulla parte della storia che non conosceva e cioè che Benedetta e Carlo erano fratelli, suor Clelia avrebbe dovuto informare il fratello e la cognata e poi Benedetta, la quale, a sua volta avrebbe dovuto informare Carlo. Era una ragazzina in gamba e forte, sarebbe riuscita di sicuro e poi sembrava quella più indicata. Sicuramente tutti gli adulti dovevano sapere. Nei due giorni successivi Benedetta andò più volte a trovare Flores e sua madre Ines, con la quale entrò subito in simpatia. Era una signora molto speciale, dai modi gentili, era dolce ed affabile nel suo italiano abbozzato, a Benedetta sembrò di conoscerla da sempre.
Suor Clelia, dovendo compiere la sua parte con tutti gli altri implicati in quella storia, aspettò Benedetta fuori dal portone di casa, la portò in convento, fecero una lunga passeggiata alla fine della quale condusse Benedetta nella sua cella, aprì una piccola cassapanca che stava sotto la finestra e ne tirò fuori un orsacchiotto di pezza che mise nelle sue mani. Ritornarono in giardino e si sedettero sotto un albero. «Di chi è questo orsacchiotto, zia?» «È tuo,

non ti ricordi?» Rimasero a lungo in silenzio, mentre suor Clelia pensò alla possibilità di risvegliare in Benedetta qualche vecchio, vecchissimo ricordo e, dal canto suo, Benedetta si sforzava di capire il significato di quel regalo. Forse qualche *flash* nella sua mente c'era stato, almeno così era sembrato a suor Clelia, se non altro fu un modo per iniziare a raccontarle la verità e lo fece con molta riluttanza: "Con questo orsacchiotto hai giocato, litigato e dormito per molti mesi qui in convento." Che ci facevo qui in convento, io?" Seguì un lungo silenzio. "Ti portò qui una signora, avevi solo sette giorni, ti mise fra le mie braccia pregandomi di avere cura di te." "Di quale signora stai parlando zia?" "Della signora Maria, l'amica di Flores." "Vuoi dirmi che la signora Maria è la mia vera mamma?" "No, aspetta! La tua vera mamma, ovvero la tua mamma biologica, non poteva farlo perché era in carcere." A questo punto Benedetta, dopo aver ridato uno sguardo a quei ritagli di giornale nella sua memoria, poggiò la testa sulla spalla della zia e rimase muta, assorta nei suoi pensieri, vuota, priva di ogni emozione. "E... Dio sa quanto mi dispiace, ma devo dirti un'altra cosa che ti farà soffrire molto: il capitano dell'esercito, tuo padre è... Mattia. Ah, quanto mi dispiace, figlia mia! A me è stato dato questo compito ingrato! Devi sapere che tua madre e tuo padre volevano dirti tutta la verità già quando avevi sette anni, ma sono stata io a supplicarli di non farlo, per proteggerti, capisci? Loro avevano provato a dirtelo anche quando avevi dieci anni, cioè quando Flores uscì dal carcere e venne in convento per sapere dov'eri finita. Anche allora si lasciarono convincere da me a non farlo. Non sai quante volte ci ho pensato, solo oggi mi rendo conto che forse avresti dovuto sapere. Sono stata io. È per questo che mi sono presa oggi questo compito ingrato.»

Nei due giorni successivi, Benedetta si chiuse nella sua

stanza e non volle uscire, passò tutto il tempo a leggere e rileggere tutte quelle righe di quei ritagli di giornali e a pensare come doveva incontrare la nuova mamma e il nuovo fratello. Quando Flores temeva di averla perduta un'altra volta, se la vide comparire davanti, restarono sulla soglia della porta in silenzio a fissarsi con gli occhi negli occhi e poi Benedetta si buttò fra le sue braccia, che l'attendevano già aperte da sempre. Non c'erano parole da dire ma versarono tutte le lacrime rimaste nel cuore. Nello stesso giorno cercò Carlo, lo prese per mano come avevano fatto sempre andando a scuola e gli disse semplicemente la verità. Quel giorno non andarono a scuola, girovagarono per tutta la città, senza meta, entrambi pensarono di aver perso un amore e di averne ritrovato un altro. Passeggiarono fino al tramonto di un giorno in cui la vita era riuscita a pareggiare i conti. Non molto tempo dopo, nel teatro lirico di Roma, una signora incantevole fece sognare il pubblico con il suo violino. In prima fila c'erano una vecchia signora, un'amica, due fratelli e un avvocato con un viso che esprimeva tutta la felicità di questo mondo.

PENSIERI CONFUSI

L'anima delle persone che ho amato di più mi è scivolata fra le braccia.
il suo sorriso rubava la cattiveria dei cuori.
l'unica verità che io conosca è che sono stato stregato dalla bellezza della vita.
Ho chiuso le finestre e il sole ha dimenticato il mio viso.
Uno sguardo,
un tocco,
un bacio
della donna amata porta in ogni stagione il sole
e il sorriso.
Le carezze della mamma rimangono nel cuore
e rinforzano l'anima di chi le riceve e chi non le ha ricevute le ha sognate e le sogna anche da vecchio.
Il consiglio di un amico accende una luce
in una giornata triste e confusa.

In una mente confusa viaggiano pensieri ballerini, in una danza sul piano del tempo, sconnessi e frazionati.

Non è demenza, ma dolore e solitudine. Un dolore imprigionato che nel silenzio mi ha fatto più male e una solitudine sulle cui rive mi sono arenato come un naufrago, una solitudine raccolta nel giardino della folla fatta di gente sola, come le piante di un bosco. Amata solitudine, imprigionata in un corpo fragile, ma ricca di immaginazione: posso volare, riabbracciare la mia amata e rivedere il suo sorriso che rubava la cattiveria dei cuori, posso essere ovunque ed essere chiunque.

Ogni sera, prigioniero del mio appartamento, mi sento come un marinaio che vede scomparire la costa da cui è salpato. Riascolto tristi melodie stracariche di ricordi d'amore, che quando mi ha chiamato ho sempre seguito, di carezze, quelle della mamma, mai avute dalle sue mani ma dalla sua anima piena d'amore, dai suoi occhi teneri e lucidi. Nella solitudine le posso sognare e averne quante ne voglio dalla fonte delle sue mani. Posso avere gli abbracci di mio padre, che per oscuri motivi o per una banale tendenza all'introspezione ne ha soffocati a valanghe, forse avrà pensato di darmeli tutti in un solo giorno, un giorno in cui si sarebbe liberato da quel freno inibitorio, in una sola volta. Sarebbe stato meglio averlo fatto a rate, come si fa con i debiti, perché la morte, in effetti, non gli ha permesso "l'unica soluzione", ma io li ho sempre sentiti in tutto il suo calore e in tutta la sua forte stretta e gliel'ho sussurrato mentre esalava l'ultimo respiro, con la sua mano fra le mie in un letto d'ospedale.

Ha indebolito il mio cuore la morte di mio fratello, il libro della sua vita non potrei che scriverlo con queste poche parole: la sua bontà e la sua profonda intelligenza hanno arricchito il mondo in cui abbiamo vissuto e se gli uomini sono uguali nel loro spirito, le loro menti si distinguono.

Quella di mio fratello era come un fiore che ondeggia sotto la luce del sole e i suoi petali si lasciano trasportare dal vento, sempre più su fino ad accarezzare l'infinito, lasciando le radici attaccate all'oscurità della terra.

Io invece sono un cuore radicato all'ombra della notte, ma desideroso di aspettare l'alba, quando abbandono ogni brama letteraria e mi tuffo nello spirito di un nuovo giorno, con la speranza di uscire dalla vita taciturna dei sentimenti e trovare la gioia che canta ad alta voce. Forse volerò ancora in mezzo a pagine e fogli da disegno, dove ho seppellito i miei pensieri, i miei sentimenti, i miei sogni. Essi sono come semi e temo che non germoglieranno mai, che non daranno mai nessun frutto, neanche quello della speranza.

Del resto non ho altro da piantare. So che saranno spazzati via come mille altre cose futili della vita. Spero almeno che portino un po' di pace al mio cuore tremante e tolgano il gusto dell'amarezza dalle mie labbra taciturne.

Rovistando fra i miei pensieri e i miei ricordi, come se stessi guardando da dietro i vetri di una finestra affacciata sulla piazza della vita, ho visto cose belle, ma anche tante brutte che ancora oggi mi toccano vivamente: gente incatenata dalla povertà gettata via in angoli oscuri di questa terra civile, mentre agonizzavano gli occhi erano secchi e le labbra annodate: non una lacrima, non una parola. Quanta amarezza lasciano queste scene!

Tutto l'amore che c'è sulla terra si è seccato come un albero morto o si è sciolto nei fiumi per finire nelle viscere dell'oceano. L'indifferenza uccide più della cattiveria e l'ingiustizia riempie i solchi dell'anima di rabbia. L'umana pietà si è ritratta nel suo guscio e di tanto in tanto fa capolino per poi ritrarsi ancora. Le sue apparizioni sono come uno spettacolo in cui si cerca il plauso del pubblico, ahimè! Come se per tutto il resto del tempo ci fosse imposto di vivere come bestie, questo termine lo leggeremo nella sua giusta accezione. Ancora non abbiamo ben capito che la nostra peculiarità è quella di essere umani, che significa che l'altro è noi stessi, non è possibile o meglio è assurdo amare un tuo braccio e considerare l'altro come estraneo al tuo corpo.

Non credo che ci sia un altro modo possibile di vivere la vita, se non quello di stare con gli altri in ogni momento: nel dolore e nella gioia, nella vita e nella morte.

Fuori abbiamo colori diversi, ma dentro siamo tutti dello stesso colore. Se leggiamo la storia, senza essere necessariamente antropologi, possiamo anche capire che è innegabile che siamo tutti parenti sulla terra, abbiamo lo stesso sangue.

Ora, se volete tacciare queste parole come una predica di un prete che sta su un pulpito, fatelo pure! Tanto il risultato non cambia: ognuno dovrà rendersi conto che prima o poi dovrà rispondere alla propria coscienza. Ognuno di noi dovrà, prima o poi, svincolarsi dalla propria piccolezza per ampliare il panorama della propria veduta. Ciò accadrà solo nel momento stesso in cui ne avremo preso veramente coscienza.

Nessuna religione ortodossa mi appartiene se non quella basata sul semplice rispetto del creato, cioè di tutto ciò che ognuno di noi percepisce con i sensi e con la propria conoscenza e coscienza.

Non ci sono né ci possono essere consigli o insegnamenti in queste parole, perché essi sono dentro di noi ed è lì che bisogna cercarli. Se preferite una metafora, bisogna scavarsi dentro per trovare il tesoro nascosto che è in ognuno di noi.

Noi esseri umani siamo veramente speciali, ognuno di noi lo è, ognuno è unico, in questo consiste la nostra specialità. Forse la felicità sta proprio nel cambiare lo sguardo su tutto. Ci vogliono occhi nuovi e orecchie nuove, provare per credere!

Questa infinità di parole dette, scritte, lette, ascoltate, sgorgano dal cuore e sono sfuggite al controllo della mente. Tuttavia non credo possano giovare a qualcuno. Io non saprei neanche dirvi se esse sono sagge o banali, se indicano una strada, un percorso, né se questo sia impervio, contorto, breve o lungo, doloroso o gioioso. A me che le scrivo un po' di bene lo fanno, e come!, anche se non ne conosco il motivo, e questo è già tanto, forse questo è l'unico scopo per cui le scrivo. Se sortiranno il risultato di sollevarmi da questa inquietudine, da questa solitudine, siano le benvenute.

Vi confido che quando ho finito di conversare al telefono con un vecchio amico ho concluso dicendo: «Questo vecchio rincoglionito ti saluta.» Non lo dico per mancanza di autostima, ma per ricordarmi della mia fragilità e della mia piccolezza.

Bisogna educare noi stessi all'autoironia, questo implica avere coscienza della nostra piccola entità. Ricordiamoci che l'»io» è una gabbia. Siamo infinitamente piccoli e ridicoli, ma anche importanti. Una spiaggia non esisterebbe senza ogni singolo granellino di sabbia e, seppure sembrino tutti uguali, sono tutti diversi. Così ogni essere umano, in qualsiasi momento ed in qualsivoglia condizione, deve sentirsi, e noi far sì che egli si senta, orgoglioso e prezioso se non indispensabile, facente parte dell'infinito.

L'infinito! Concetto astratto ma ben rappresentato da tutti i granelli di sabbia di tutti i deserti e di tutte le spiagge della terra... e di altri miliardi di miliardi di pianeti e di stelle.

Quanta astrattezza! Ma se vogliamo restare sul concreto, dobbiamo tornare un po' indietro e ascoltare di nuovo la predica del presunto prete in piedi sul pulpito.

Non sono solito rileggere ciò che scrivo, a dire il vero non sono abituato neanche a scrivere. È un'esperienza nuova per me. Invece l'ho fatto, sì, ho riletto e, cavolo!, avreste tutte le sante ragioni a pensarlo: ha tutta l'aria di una predica.

Vi prego di non definirmi anche voi come un filosofo! «Con quegli occhialini rotondi hai proprio l'aria di un filosofo», mi dicevano tutti quando ero un ragazzo ed anche che ero saggio per qualche breve sermone che recitavo.

Ma vi assicuro che non mi sono sentito mai né l'uno né l'altro, anzi.

A proposito di occhiali, mi è venuto in mente un aneddoto che risale all'epoca della scuola media. Un giorno l'insegnante di italiano ci assegnò un tema con la seguente traccia: parlate dell'oggetto che vi è più caro. Mi ricordo che quando l'insegnante stava leggendo tutti i temi ad alta voce, io chiesi il permesso di andare in bagno, perché avevo scritto solamente dieci righe, troppo corto! Avrei dovuto scegliere un oggetto diverso dai miei minuscoli e rotondi occhialetti, per i quali, dopo una dettagliata descrizione, spesi solamente pochissime banali parole: "grazie all'inventore, che mi permette di vedere la bellezza della vita nella sua chiarezza e in tutti i suoi colori".

La maggior parte della classe aveva scelto di parlare di libri, alcuni addirittura dell'antologia, chi della grammatica, altri di qualche libro classico caro alla nostra cara insegnante. Era evidente che molti avevano cercato di compiacerla. Alla fine, il giudizio scritto sul retro del mio foglio era il seguente: questo era un tema non un testo filosofico! Non classificato.

Perciò, se anche voi mi affibbierete questo titolo non me la prenderò più di tanto. Anzi, sapete che cosa vi dico? Ognuno di noi è un po' filosofo, è un luogo comune ma in fondo in fondo un po' è vero, non è vero?

Aggiungerò a questo, non saprei come definirlo se non come uno sfogo letterario, alcune poesie, scritte da me, che spero servano a completare i pensieri espressi finora e quelli che leggerete da qui in poi.

IL VIANDANTE

non chiedeva né pane né soldi
un viandante sperduto nel nulla,
ma solo che ti fermassi a parlare;
non chiedeva né il sole né la luna
il viandante sperduto nella povertà,
bastava una carezza in un sorriso,
oppure solo una stretta di mano.
Riposava sul suo pezzo di cartone,
all'ombra del tuo grande portone.
Sia stata vergogna o solo indifferenza
sarà poi un affare della tua coscienza.

SE AMI LA VITA

Se ami la vita ami tutto quello contenuto nel cielo e sulla terra,
se ami solo te stesso vivi da cieco e da sordo e porti la guerra.
con delicatezza in mezzo ai fiori e fra gli insetti impara a camminare;
con i sentimenti di chiunque esso sia
non dovresti mai scherzare.

OMAGGIO A LAMPEDUSA

Uomini, donne e bambini galleggianti
sono naufraghi con il cuore di migranti.
sono i resti di un sovraccarico umano
che poco prima la paura teneva per mano.
molti sono finiti già in fondo al mare
senza nessuna possibilità di approdare:
erano nel corpo e nell'animo troppo pesanti,
con stracci e speranza son finiti giù i migranti.
La morte non muore tra le onde del mare
viva nei cuori dei sopravvissuti vuol restare
e negli occhi e nella mente dei soccorritori:
medici, paramedici, marinai e pescatori;
col suo odore di salsedine molto forte
si allinea sul molo del porto la morte
davanti agli occhi attoniti di Lampedusa,
che per l'ennesima volta rimane delusa,
davanti al silenzio delle lacrime incontenibili
di un popolo fatto di persone molto sensibili.
Alcuni portano un fiore, altri portano un fiore
per esprimere ancora una volta il loro amore.
Restando sempre un fatto solo nostrano,
la storia si ripete sempre molto lontano
da uomini insipienti imbrattati di politica,
che si immergono nella retorica ridicola,
pescando nell'acido della loro stupidità
frasi impavide ben lontane dalla realtà:
saranno gli slogan per la loro pubblicità
mentre sguazzano nell'assoluta cecità.

Come una branca di batteri immuno-resistenti
non c'è medicina per non renderli permanenti.

PAROLE BANALI

se ricevere ti rende contento
donare è il più bello evento,
qualsiasi cosa si può donare
importante è non farlo pesare.

frasi di una banalità enorme
dette e ridette in mille forme,
migliaia e migliaia di volte udite
tuttavia dal tuo cuore bandite.

due occhi che ridono è la ricompensa
perciò avvertirai una felicità immensa,
hai preso per un attimo la sofferenza in mano
e hai capito che cosa vuol dire essere umano.

LA SAGGEZZA

Da un dolce e raro incontro
tra la mente e il cuore
nasce la saggezza.
Frutto di esperienze vissute
nel bene e nel male
del frenetico tempo della vita.
La saggezza è ciò che rimane
dopo una scrematura di banalità,
essa rompe schemi e conformità
e ripudia ignoranza e stupidità.
Nella saggezza l'uomo va oltre
perché scopre la comprensione,
in essa c'è la risposta nella domanda,
puoi vedere senz'occhi e sentire senza orecchie
e si coglie sul serio il vero suono delle parole.
La comprensione apre una breccia nel finito
e ti aiuta a volare oltre la superficie delle cose.
La saggezza è la calma
in mezzo alla frenesia.

CIO' CHE NON SEI

tu non sei l'auto che possiedi
tu non sei il contenuto del tuo portafogli
tu non sei l'abito che indossi
tu non sei la tua immagine

L'ho definito uno sfogo letterario e mi rendo conto che questa definizione è talmente generica che non ci porta da nessuna parte. Non è un romanzo, non un testo filosofico, neanche un racconto. Dunque? Diciamo che sono pensieri buttati lì alla rinfusa, pescati in una mente confusa, senza la preoccupazione di dover rispettare canoni o regole che di solito sono richiesti a uno scrittore di professione.

Ora che ci penso bene quindi, se fosse un libro, il titolo non potrebbe che essere «PENSIERI CONFUSI». Il colmo è che io non sono mai stato un gran pensatore, ho cercato sempre di fare, fare e sempre fare. Questo è stato il verbo predominante della mia vita. Non che le due cose, pensare e fare, siano in contrasto: non c'è bisogno di mandare il cervello in vacanza ed è chiaro a tutti che prima di fare bisogna pensare. Ma in tutto il tempo che viviamo ci sono un'infinità di momenti in cui il decidere di fare senza pensare o, meglio, senza pensare troppo, caratterizza ognuno di noi. Comunque, sia che pensiamo poco sia che pensiamo molto, alla fine possiamo dire che siamo tutti ricercatori di conoscenza, ognuno a modo suo, s'intende. I nostri occhi sono proiettati fuori, è vero, ma noi siamo dentro di noi.

Che strano! Stiamo imparando a conoscere l'universo, passo dopo passo, ma non sappiamo nulla o quasi di noi stessi. Come possiamo amarci se non ci conosciamo? E se non conosciamo noi stessi come possiamo conoscere gli altri? Vi pare possibile? E se non conosciamo gli altri, come possiamo amarli?

Dunque la conoscenza è alla base dell'amore? Io direi di sì e se questa premessa è sbagliata vuol dire che tutto quello che dico è sbagliato. Avete mai pensato che l'universo potrebbe essere una proiezione di noi stessi? Oppure che noi siamo una miniatura all'infinito dell'universo? Dentro e fuori di noi c'è la stessa cosa? Ora vi posso dire che la mia vita, estremamente semplice, ha viaggiato sulle ali delle risposte a queste domande trovate in qualche angolino remoto del mio più profondo io. Ho dovuto guardare gli altri come se fossero stati me stesso, ho avuto per loro tutti i sentimenti in cui è immersa la nostra vita, tranne che la paura. Solo la conoscenza vince la paura.

Adesso sono costretto a tornare indietro e ripetere che non sono un gran pensatore e che ho amato il verbo fare più di ogni altro. Le risposte sono dentro di noi e chi ne ha voglia le può trovare facilmente e non deve passare la vita a pensarci.

RACCONTI

Oggi sono andato a fare la spesa, avevo due buste di plastica in mano e mi trovavo a quattro passi dal portone d'entrata, una signora era appena uscita e si era chiuso il portone alle sue spalle. Ma lei, vedendomi, è tornata indietro, ha cercato le chiavi e mi ha riaperto. L'ho ringraziata col sorriso sulle labbra. Ho visto un lampo di gioia sul suo viso ed è sceso un po' di calore nel mio cuore.

Salendo le scale ho pensato: "Se questo piccolo e insignificante gesto, in questo momento, si replicasse a tutto il mondo, una quantità enorme di gioia e di calore viaggerebbe da un cuore all'altro, un'energia positiva passerebbe fra le persone."

Lo so che non salverebbe il mondo, ma sicuramente metterebbe in moto un circolo virtuoso. Del resto non aspettiamoci che un bel mattino arrivino i grandi eroi a cambiare le cose, forse davvero potremmo stare meglio soltanto se ognuno di noi si affidasse alle piccole e buone azioni quotidiane.

Quello che è capitato a me oggi è solo un esempio, una piccola gentilezza, ogni piccola gentilezza è un seme di pace. Ma pensate a quante azioni compiamo in un giorno. Vi ho raccontato questo aneddoto per dire che l'indifferenza è la peggior cosa che possa capitare alla nostra convivenza: dovremmo escluderla dalla nostra vita perché essa uccide. Non è forse l'indifferenza - in quel caso si trattò di indifferenza generale - che ha permesso a uno psicopatico e ai suoi collaboratori psicopatici di sterminare milioni di persone? Il riferimento è ovviamente all'ultima guerra mondiale, ma episodi simili sono accaduti anche prima e accadono ancora in tanti posti della terra. Nessuno di noi può dire: «Io c'ero ma non c'entro niente.» Ora vi racconto un altro aneddoto che ci riporta al concetto di fare senza pensare troppo.

Un giorno di un freddo inverno camminavamo sotto i portici di Bologna, io e un mio carissimo amico. Pioveva e faceva freddo, un bambino di otto o nove anni ci seguì per alcuni metri chiedendoci l'elemosina, al che misi la mano in tasca e presi una banconota delle vecchie mille lire e gliela posi sulla manina. Il mio amico, un po' stupito, mi disse: «Ma non lo sai che sono vittime di delinquenti e questi soldi non li hai dati a lui?» Io per tutta risposta abbozzai un sorriso.

Nel frattempo stavamo entrando in un bar lì vicino per fare colazione. Mentre stavamo bevendo il nostro caffè, risposi alla sua domanda: «Lo so, hai ragione, ma so anche che se non porta i soldi al suo sfruttatore prenderà un sacco di botte.» Da qui nacque una discussione su cosa era giusto o sbagliato, alla quale preferii sottrarmi. Chiesi al barista di incartarmi una pasta e, appena usciti, la donai al bambino che intanto si era seduto nel suo angolino sotto una colonna. «Così va bene?» Domandai al mio amico. «Bè, questa è decisamente un'altra cosa.» Mi rispose.

All'epoca portavo sempre con me in macchina qualche pacchetto di biscotti e di cracker, perché la strada che percorrevo ogni giorno era piena di semafori dove sistematicamente qualche bambino o qualche anziano, a parte i lavavetri che erano dappertutto, bussavano sul finestrino con la mano in attesa di ricevere qualcosa e lì finivano i biscotti e i cracker. Mi ricordo che per un lungo periodo, vicino al solito semaforo, c'era sempre lo stesso bambino. Quella era la sua postazione di servizio, proprio come per le prostitute. Così avemmo il tempo, giorno dopo giorno, di scambiarci delle confidenze, parlava un italiano essenziale. Appena vedeva arrivare la mia macchina da lontano, mentre io scrutavo con gli occhi, perché sapevo che una volta o l'altra non lo avrei più rivisto, i suoi occhi si riaccendevano di gioia per un momento.

Ne parlai alla mia compagna la quale, incuriosita, volle conoscerlo e così un giorno venne con me. Quel giorno feci una bella raccolta di insulti che venivano dai pendolari dietro di me e i clacson, tutti insieme, crearono un pandemonio perché, per dare più tempo alla mia compagna per chiacchierare un po' di più col bambino, avevo fatto scattare il rosso del semaforo più di una volta e sapete com'è... questa è la nostra civiltà, immersa nella frenesia urbana.

Tornati a casa, discutemmo parecchio sul bambino e sulla sua bellezza e soprattutto sulla sofferenza scritta nei suoi occhi neri. Discutemmo anche del rischio che avremmo corso avvicinandolo e soprattutto allontanandolo dalla strada, anche solo per il tempo di portarlo con noi al ristorante, ma questa fu la decisione che prendemmo. Così, il giorno dopo, lasciammo la macchina in un parcheggio non molto lontano dal semaforo e ci recammo a piedi a trovare il ragazzino. Giunti sul posto lo chiamammo per nome, come vecchi amici, e lui ci venne incontro. Avevamo previsto che avrebbe rifiutato la nostra offerta, per paura di trasgredire agli ordini del o dei suoi aguzzini, ma insistemmo e lo rassicurammo sul fatto che saremmo tornati presto. Del resto il ristorante era lì vicino, lo si poteva vedere dal semaforo e glielo indicammo col dito. Alla fine accettò, gli demmo anche un po' di soldi per giustificarsi eventualmente con il suo sfruttatore.

Stare con lui un po' di tempo in tutta tranquillità era l'unico nostro scopo. A tavola non lo tempestammo di domande, al contrario di quello che si potrebbe supporre, ci bastò vederlo mangiare meglio quel giorno e ci bastarono i suoi sorrisi un po' macchiati di ragù, forse avevamo anche la speranza di rimanere nel suo cuore.

Dopo un po' di tempo non lo vedemmo più.

Mi è venuto il sospetto che la fine di questo episodio abbia indotto in qualcuno di voi qualche domanda, come per esempio: «Perché non avete cercato di toglierlo dalla strada?» oppure «Perché non cercare di adottarlo? ecc. ecc. Sarebbe stato un bel romanzo con un bellissimo finale.

Ma la realtà è che noi non siamo i salvatori del mondo, lo ribadisco: bastano piccole buone azioni. Ho sempre pensato che se ognuno di noi salvasse se stesso il mondo intero sarebbe salvo.

Nessuno deve sprizzare bontà dai pori, non siamo santi! Basta trovarla quelle poche volte al giorno. Quel giorno ci sentimmo veramente bene, io e la mia compagna, ci sembrò di aver riempito la giornata di tutto quello che bastasse.

Ecco la domanda di fondo! Ma fu un atto di bontà o di egoismo? Ed ecco la risposta: se fu egoismo, sia benvenuto questo **sano** egoismo!

Prima ho scritto che nessuna religione mi appartiene o meglio che io non appartengo a nessuna religione, non perché "DIO" non sia un affare serio, ma perché ritengo che sia una cosa seria che debba riguardare solo me e "LUI". Ciò che sta in mezzo è solamente un'infinita ipocrisia che non mi riguarda.

RICORDI D'INFANZIA

A dire il vero, non ho molti ricordi e non so perché. Forse ho rimosso parti della mia vita, periodi interi non solo
della mia infanzia. Una cosa è sicura: ho vissuto in una
famiglia abbastanza felice, per questo mi ritengo una persona fortunata, e non ci sono stati traumi nella mia infanzia ribelle. Una volta le famiglie erano molto numerose,
per esempio quella di mia madre era composta da tredici
figli e quella di mio padre da dieci. Per farla breve, credo
di avere tra i cinquanta e sessanta cugini, quasi tutti vivi.
Bene, ma non è questo l'argomento che mi interessa, bensì
raccontarvi qualche episodio che riesco a ricordarmi bene.

LA CUCUMA
Non ho conosciuto i miei nonni paterni, ma quelli materni
li ricordo abbastanza bene. In qualche giorno della settimana andavamo a trovarli in campagna, dove vivevano
insieme a qualche figlio che era rimasto con loro. Il piano
di casa o aia o cortile, allora mi sembrava molto grande
ed anche la casa faceva la stessa impressione; rivista dopo
tanti anni risultava in realtà una casupola.
A ridosso della casa c'era un albero di fichi e poi si esten-
deva un uliveto e c'era anche un albero di more bianche.
Io e mio fratello avevamo sempre un lavoro in corso: la
casa sull'albero. Credo che questo sia stato il motivo principale per cui aspettavamo con tanta ansia quel giorno di
visita.
Altre due cose ricordo bene: il forno per cuocere il pane e
un altro per produrre la calce. A un certo punto della giornata il nonno ci chiamava e prendeva due fette di pane

che abbrustoliva al fuoco e dopo ci portava nel frantoio, prendeva un mestolo e lo calava nell'olio appena spremuto e ne versava sulle nostre fette di pane. Per inciso, dopo tanti anni, un mio cugino è andato a caricarsi su un furgone, facendo duemila chilometri, una delle due macine di pietra rimaste e l'ha piazzata nel suo giardino, l'altra si trova in un museo del paese.

Quel profumo e quel sapore racchiudevano tutta la vita di quel tempo, forse è per questo che non l'ho mai dimenticato e continuo ancora oggi a ripetere quel rito con lo stesso olio di allora, purtroppo non con lo stesso pane.

Durante la giornata, con mia madre o con una delle zie, andavamo al limite della proprietà, percorrendo una stradina bianca in mezzo all'uliveto, dove c'era una sorgente con una fontanella. Lì si prendeva l'acqua con un barile che si portava sul fianco, le donne con i loro fianchi hanno supportato il mondo, e con un recipiente d'argilla cotta, "la cuccuma". Cosa vi siete perso voi, che non avete mai bevuto un sorso d'acqua dalla cuccuma!

Il nonno lo ricordo bene: due grossi baffi bianchi, un cappello sempre in testa, che toglieva raramente, un gilè sopra una camicia bianca e un paio di pantaloni di velluto. So che era anche molto generoso: nonostante avesse una numerosa famiglia da mantenere, riusciva a dare qualcosa da mangiare a qualcuno che passava di là, che sapeva essere povero.

Della nonna ricordo molto, ma quello che mi piace ricordare di più è che negli anni dopo la morte del nonno, ormai sola, visto che tutti i figli si erano sistemati, io facevo cento chilometri per andare a trovarla e lo facevo spesso perché come cucinava il sugo lei nessun altro. Questo l'avrei ritenuto uno dei più grandi piaceri della vita.

IL LUPO

Ho vissuto la mia infanzia in un paese ai piedi della Sila. D'inverno spesso, quando la temperatura scendeva più del solito, qualche lupo affamato scendeva dalle montagne e si aggirava nel paese.

Proprio vicino casa stavo giocando a calcio insieme a mio fratello, con un pallone di cuoio che pesava tre o quattro chili e quindi evitavamo di andargli incontro con la testa, perché avevamo già molti lividi sulla fronte a causa dello spago grosso e sporgente con cui era ricucito. Fu allora che io e Marco avemmo il nostro primo incontro ravvicinato con il lupo: si frappose fra di noi ringhiando verso di me. Restammo pietrificati dalla paura, di cani randagi ne conoscevamo tanti, spesso giravano in branchi e noi li conoscevamo uno ad uno, ma quello era sicuramente un lupo! Aveva due zanne inconfondibili. Ci allontanammo piano piano, mentre un vicino di casa subito ci mise in salvo e dopo avvertì i carabinieri. Così si aprì la caccia al lupo.

Il giorno dopo assistemmo a una lunga processione: una folla seguiva uno che portava in giro per la strada principale del paese, appeso dalle quattro zampe ad un palo e con una grossa arancia secca in bocca, il lupo morto e stecchito. Mi spiegarono che quella era un'usanza messa in pratica dai pastori, acerrimi nemici dei lupi.

Voglio ricordare, soprattutto ai più piccoli, che quel lupo, nonostante avesse fame non ci assalì, anzi, ebbi la netta sensazione che ci ringhiasse perché aveva paura.

L'ERBA DEL VICINO

Un incontro vero e quindi unico tra un uomo e una donna, c'è quando l'uomo diventa donna e la donna diventa uomo.

Non sarebbe così difficile se non fosse unico! Vero?

Qualcuno potrebbe obiettare che un incontro vero, quindi unico, c'è quando un uomo resta uomo e una donna resta donna e che non sarebbe così difficile se non fosse unico. È vero anche questo, ma devo dire che questo qualcuno che obietta non ha colto bene il senso dell'affermazione, perciò sento di dover chiarire con altre parole.

Volevo semplicemente dire che un vero incontro tra un uomo e una donna avviene quando entrambi riescono a mettersi nei panni l'uno dell'altra ovvero a guardare il mondo dal punto di vista dell'altro sesso.

Ma che cos'è? Un'alchimia? Una fusione forse? O semplicemente sintonia?

Potrebbe essere una di queste cose o tutte oppure nessuna. Potrebbe trattarsi di qualcos'altro? Forse c'entra l'ascolto o la conoscenza o tutte e due le cose. Io non sono di certo quello che può darvi delle risposte, ma forse, se avete pazienza, vi posso raccontare una storia molto significativa. Chissà che non ci aiuti a trovare qualche risposta.

Ma prima vorrei esprimere un pensiero sull'ascolto e sulla conoscenza. Il vero ascolto non implica solo l'impiego degli organi fonetici, che ti permettono di sentire, ma anche il cuore e l'anima, ovvero tutto il nostro essere. Per esempio, quando qualcuno esprime disagio o dolore oppure gioia e felicità usa parole, a volte anche gesti. Bisognerebbe tenere in considerazione il potere dei gesti, del linguaggio del corpo, e credo che le parole, per quanto corrette siano, non corrispondano mai ai fatti o alle cose: la parola albero, per esempio, non è l'albero. Quello che voglio dire è che dovremmo scrutare la luce che emana dagli occhi di chi parla, il tono delle parole al di là del significato, e cercare di percepire con tutto il nostro io ciò che l'altro ci dice o ci vuol dire.

Vorrei farvi un altro esempio sull'ascolto e la conoscenza. Quanti matrimoni falliscono? Credo siano tantissimi, la percentuale non è importante in questo momento.

Ecco il mio pensiero su questi frequenti fallimenti. Noi esseri umani dalla nascita alla morte siamo in perenne movimento, ossia in un continuo cambiamento, sia dal punto di vista biologico sia dal punto di vista psicologico, ma anche da quello spirituale: potremmo chiamarla semplicemente evoluzione personale oppure divenire.

Dunque, ciò che eravamo un attimo fa non c'è più, è un mutamento continuo, senza intervallo e quindi senza tempo e per questo mi sento di affermare che siamo eterni, nel senso che saremo sempre qualcos'altro e mai «nulla», il niente non esiste.

È chiaro che il cambiamento da un attimo all'altro non si percepisce e questo non credo sia grave, lo è invece quando crediamo di avere davanti la stessa persona di qualche anno prima o di qualche decennio prima e da questo nascono incomprensioni elefantiache. Questo è ciò che porta alla rottura il più delle volte, non perché avevamo scelto la persona sbagliata. Quest'errore di scelta accade anche, è vero, ma molto più raramente di quanto pensiamo.

Quando ci innamoriamo veramente, di solito, scegliamo la persona giusta perché siamo guidati da un feeling, da qualcosa di magico che va oltre le stesse motivazioni biologiche e al di là di ogni spiegazione scientifica. Sicuramente non è lì che abbiamo sbagliato, ovvero nella scelta della persona, gli sbagli sono quelli che commettiamo dopo, giorno dopo giorno, quando non riusciamo più ad ascoltare. L'amore è come una piantina che bisogna annaffiare tutti i giorni perché sia sempre fresca, lo so che sembra banale questa espressione, ma vi assicuro che è nel suo significato che stanno le risposte.

Ecco il nostro modo di agire: quando il nostro partner sta esprimendo qualcosa, spesso lo interrompiamo o non lo ascoltiamo fino in fondo, perché pensiamo di avere capito ciò che voleva dirci e diventa anche un'abitudine, purtroppo, «uffa che noia!» Questa presunzione di sapere tutto di chi ci sta vicino impedisce all'altro di esprimere ciò che è oggi, mentre l'altro lo identifichiamo con ciò che era ieri, dimenticando il divenire.

Guardate la vostra vita per un attimo, giovani, anziani o vecchi che siate. Guardate i cambiamenti, non siete più gli stessi di prima, anche quello che ci sembra immutabile, cioè il carattere che dopo una certa età dovrebbe essere già formato e il temperamento soprattutto che dovrebbe essere scritto nel nostro DNA, anche quelli sono cambiati. Ciò non vuol dire che siamo inaffidabili! Attenzione! I pensieri sono in continuo divenire, spesso siamo accusati di incoerenza se cambiamo idea, ma non è così; l'importante è che il pensiero corrisponda all'azione, anche se non è più quello di prima.

Ribadisco che le esigenze del nostro corpo, del nostro cervello e della nostra anima sono cambiate e continuano a cambiare: una volta andavo matto per le cipolle e oggi non mi piacciono più, il mio corpo non le vuole più; da bambino pensavo spesso a Dio come una presenza costante, da giovane l'ho dimenticato ed ora, da anziano, ho instaurato una nuova relazione con Lui.

Cambiano i gusti e le esigenze, su questo non ci piove. L'erba del vicino è sempre più verde, non solo l'erba ma anche l'uomo o la donna dell'altro ci appaiono spesso più belli, come suggerisce la metafora. Non è per questo che saltiamo da una relazione all'altra? Buttiamo via quella di prima e ci tuffiamo a capofitto in un'altra, salvo poi accorgerci che è la stessa minestra. Non è così che succede il più delle volte?

Dovremmo imparare ad apprezzare di più il nostro giardino e a tenerne cura giorno dopo giorno. Non è vero che quello del vicino è più verde, è un'illusione. Una volta che avete scelto una persona per starle sempre vicino, è lì che dovete dedicare le vostre energie e non sprecarle di qua o di là.

Se non facciamo così saremo costretti per tutta la vita a saltare da una persona all'altra, da una relazione all'altra per poi accorgerci che in fondo in fondo non è cambiato un granché. È da noi stessi che dobbiamo partire: imparare ad ascoltare, la conoscenza dopotutto ne è la conseguenza.

Vi avevo promesso di raccontarvi una storia, sarà breve e significativa e apparentemente sembrerà contraddire tutto quello che fino adesso ho scritto, ma se avrete pazienza e saprete ascoltare scoprirete invece che aiuta a capire perché l'erba del vicino non è sempre più verde.

Qualche tempo fa ho conosciuto una coppia di anziani: Mario e Francesca, i quali si erano trasferiti in una casa di campagna, un luogo magico dove io mi recavo per ricaricare le mie batterie.

Chiacchieravo spesso con loro, con Francesca mentre era indaffarata nelle faccende domestiche e con Mario durante lunghe passeggiate nel bosco di loro proprietà.

La prima volta che li ho conosciuti è stato veramente per caso. Ero in giro con la mia macchina, alla ricerca di una casa in campagna da comprare, perciò spesso mi inoltravo nelle campagne per domandare. Avevo dato mandato anche ad alcune agenzie, ma alla fine è stato tramite un privato che ho trovato la «casa dei miei sogni».

Il mio primo impatto con Mario e Francesca, vi confesso che fu un disastro: entrai con la macchina nel viottolo del loro giardino, ben circoscritto da alberi da frutta, dopo aver percorso un lungo viale alberato. Mi fermai, abbassai il finestrino, mentre loro sorseggiavano una tazza di caffè seduti su dei ceppi di legno intorno ad un tavolo rustico, e salutai: «Buon giorno.» Mi risposero con un cenno della testa. «Vorrei chiedere qualche informazione" continuai. Mi risposero ancora con un cenno della testa. Mi sentivo leggermente imbarazzato e smarrito a causa di quel loro atteggiamento a dir poco scortese, ma ormai ero lì e, prima di tornarmene indietro, decisi di completare la mia domanda: «Sapete se qua intorno c'è in vendita qualche casa?» Ancora una volta mi fecero cenno di no con la testa. Al che misi in moto, pronunciai un «buon giorno» con tutta la carica ironica di cui ero capace e cominciai la manovra per tornare da dove ero venuto. Fu allora che Mario disse: «Giovanotto, scenda dalla macchina e venga a prendere un caffè!» Spensi il motore e scesi dalla macchina, mi sedetti insieme a loro. Francesca andò in casa e ne uscì con una tazza in mano, vi versò del caffè e me lo offrì dicendo: «Non è molto forte perché ne beviamo parecchi al giorno, vuole anche dei biscotti? Prego, sono fatti in casa.» «Grazie, - risposi io, allibito da tutta quella cortesia inaspettata, considerato il primo impatto, - il caffè è ottimo.» Aggiunsi dopo averlo assaggiato.

Dopo essermi presentato Mario mi disse: «Venga con me, le faccio vedere una cosa.» Mi alzai e lo seguii, ci incamminammo in un viale in mezzo a due filari di viti che saliva leggermente, alla fine del quale ci trovavamo sul punto più alto della loro proprietà. Mentre salivamo si aggiunse a noi un cane, uno splendido esemplare di terranova, che, al contrario dei suoi padroni, entrò subito in confidenza con me leccandomi una mano. «È un cane buono.» Mi rassicurò Mario. «Lo vedo, quanti anni ha?» «Tre.» E prima di arrivare su in cima mi raccontò la storia del suo cane. Ascoltandolo, ebbi subito l'impressione di trovarmi davanti ad una persona molto dotta e profondamente intelligente oltre che misteriosa. Mai come in questa occasione la prima impressione fu così capovolta. Anche Francesca, dopo il primo impatto negativo, mi fece la stessa impressione.

Il tempo non fece altro che confermare che mi ero imbattuto in due persone eccezionali. Mario, quando arrivammo alla fine del viale, mi indicò col dito una casa, dicendomi che qualche mese prima era stata messa in vendita. Scendemmo per il viale e strada facendo mi confidò che gli avrebbe fatto molto piacere se fossi ritornato a fargli visita. Anche Francesca espresse lo stesso desiderio, usando le stesse, identiche parole che aveva usato Mario e questo mi sembrò un piccolo mistero.

Andai via, promettendo loro che sarei ritornato con molto piacere. Feci il giro della collina, seguendo le istruzioni di Mario, e arrivai a quella casa per scoprire che era stata già venduta. Poco male perché, in effetti, a prima vista, sicuramente non era la casa dei miei sogni, anzi non ci si avvicinava neanche.

La domenica successiva, sempre alla ricerca della casa, feci il solito giro in macchina perlustrando un po' di campagne e, finito il giro, andai a trovare Mario e Francesca. Mi invitarono a pranzo ed accettai molto volentieri.

Durante il pranzo notai che non si erano scambiati neanche una parola, pur essendo rilassati e tranquilli, anche se, devo dire, avvertivo un'atmosfera di felicità, quantomeno di pace assoluta.

Con me parlavano entrambi molto volentieri. Un giorno Francesca, senza che le chiedessi nulla, mi spiegò che tra lui e Mario, negli ultimi anni, si era creata telepatia, sì, avete capito bene, telepatia. Non avevano bisogno di parole, erano in grado di leggere i loro pensieri. Ogni tanto parlavano, ma lo facevano solo per ascoltare il suono della loro voce.

Non riuscirono mai a spiegarmi come avevano fatto a recuperare questo dono o facoltà, che alcuni ritengono latente nell'essere umano, mentre altri non la considerano possibile. Ma che esista è innegabile.

Mi raccontarono, a poco a poco, la loro vita. Si erano conosciuti da giovani e a pochi mesi dal loro primo incontro
decisero di sposarsi. Il loro matrimonio durò molto poco,
sebbene il loro amore fosse grande, talmente grande che
entrambi, vivendo in città molto lontane, avevano deciso
di lasciare il loro lavoro e ricominciare da capo in un'altra
città, affrontando difficoltà e sacrifici. Vissero per un breve
periodo come «due cuori e una capanna «, forse ritennero
che il loro amore fosse così grande da non aver bisogno
di essere annaffiato. Poi si separarono, entrambi ebbero
moltissime storie d'amore, mi raccontarono di alcune di
esse, vivendo anche in molti posti diversi. Entrambi con-
fessarono però che le loro nuove storie o avventure venivano vissute all'ombra del passato: nei loro pensieri c'era
sempre stato il periodo trascorso insieme.

Dopo vent'anni si incontrarono in un ristorante. Mi dissero che non era stato un caso, ma che da tempo frequentavano quel posto con la speranza di incontrarsi. Era il
loro ristorante preferito di quando stavano insieme e ci
andavano con i rispettivi partner di allora.

Lo so che sembra una storia inverosimile e che capita a
poche coppie, ma sono sicuro che tante, tantissime persone vorrebbero tornare indietro per incontrare l'amore
perduto.

Non fatevelo scappare quando è ancora nel vostro giardino! Mario e Francesca, quella sera, si alzarono dal loro
tavolo, chiesero scusa al loro partner, allibito e smarrito
per quanto stava accadendo, si diedero la mano e andarono via.

Ricominciarono da dove avevano interrotto, costruendo
la vita che ora stavano vivendo felicemente. Mi confessa-
rono entrambi che avevano capito il motivo della rottura
della loro relazione e che nella nuova vita non dimentica-

no mai, neppure per un solo giorno, neppure per un solo istante, di ascoltarsi nel profondo. Credevano fermamente che per merito di questo nuovo modo di ascoltarsi fosse nata tra di loro quella magica telepatia.

Posso assicurarvi che non mi sembravano due metà che si integravano, bensì una sola persona. Forse davvero l'ascolto profondo fa di questi miracoli?

Lo so che non sono entrato nei particolari di questa storia. Non lo ritenevo importante, mentre lo è ricordare sia a voi maschietti sia a voi femminucce di non dare mai per scontato che l'amore che state vivendo sia per sempre, ammenoché non lo vogliate veramente. Non meravigliatevi se le rose sono appassite, non le avete annaffiate, che cos'altro poteva succedere? È proprio quando siete sicuri di "possedere» l'altro che succede esattamente il contrario, che se ne sta andando, forse se n'è già andato.

Aggiungo un'altra cosa e poi termino perché, secondo me, avete capito già la cosa più importante.

Dal mio punto di vista di adulto con tantissima esperienza alle spalle, i maschi vanno e poi ritornano sui loro passi, in altre parole quando lasciano lo fanno piano piano, a rate. Le femmine, invece, maturano la separazione dentro fino a quando, un bel giorno, fanno le valigie - era da tempo che pensavano alla loro sistemazione - se ne vanno e basta, non tornano più indietro. Un'unica «soluzione». Non per questo soffrono di meno.

Uomo avvisato mezzo salvato! Non sorprendetevi quando accade, eravate stati avvisati. E se capita qualche volta che la donna vi dica che avete perso un punto, state attenti ! Voleva dire nove.

Per chi avesse ancora dei dubbi, devo dire un'ultima cosa: le donne sono complesse, nella vita biologica e sociale hanno più ruoli, è per questo che sono più mature. Mentre noi uomini siamo molto più semplici, siamo degli eterni bambini, viziati e arroganti, ed è per questo che, fin dagli albori della vita civile, le abbiamo estromesse dal potere, che non abbiamo più lasciato un istante.

Quando ce ne renderemo conto, le cose gireranno al contrario e sarà un bene per tutta l'umanità. Altro che parità! Noi maschi dovremmo essere loro collaboratori e non viceversa.

Non voglio aggiungere altro perché mi sembra giusto e opportuno chiudere questa raccolta di racconti con questa nota di merito a favore delle donne.